Gato pardo

Alejandro VOLNIE

SELECTOR
actualidad editorial

SELECTOR
actualidad editorial

Doctor Erazo 120 Colonia Doctores 06720 México, D.F.
Tel. 55 88 72 72 Fax. 57 61 57 16

GATO PARDO
Autor: Alejandro Volnié
Colección: Novela

Diseño de portada: Blanca Cecilia Macedo

D.R. © Selector, S.A. de C.V. 2005
Doctor Erazo 120, Col. Doctores
C.P. 06720, México, D.F.

ISBN: 970-643-899-8

Primera edición: octubre de 2005.

CONTENIDO

L a lectura de este libro es una completa paradoja: el protagonista es un exjudicial que se dedica a crímenes tales como el secuestro, el tráfico de drogas y el asesinato. Con tales referencias, es fácil que el lector desee la destrucción de un personaje tan nocivo y tan tristemente representativo del sistema en el que vivimos.

Sin embargo, Alejandro Volnié lo presenta de tal manera que uno no puede menos que enternecerse por un hombre tan solitario, tan dolido por repetidas traiciones, tan necesitado de afecto y tan carente de seguridad en la propia valía.

¿Cómo pretender el bien si por dentro hay tanto dolor y amargura, si el alma está tan torturada que ya no se reconoce a sí misma y si el camino al mal es más fácil y redituable? Ésta no es una apología del crimen. Decididamente no. Es un relato, una anécdota descarnada que fácilmente podría encontrarse repetida infinitamente, como en un juego de espejos, en las vidas de quienes tienen en sus manos la seguridad de los ciudadanos.

No solamente podríamos catalogar la presente obra como una denuncia del corrupto sistema judicial de nuestro país, sino como una metáfora de la desesperanza al estilo del *Werther* de Goethe, en un mundo hostil en donde cualquier intento por respirar se sofoca en el lodo de la indiferencia.

Después de leer *Gato Pardo* quedan claras muchas de las motivaciones que conducen al crimen y casi provocan que el lector se identifique con el criminal. Seamos honestos: ¿quién no ha deseado hacer a un lado los prejuicios y mandar al diablo las reglas? ¿quién no ha apretado los puños y los dientes para ponerle freno a un impulso violento? ¿quién no ha odiado secretamente a otras personas con mejor fortuna? La diferencia entre un criminal y una "persona normal" es que el criminal sí lleva a la acción lo que la "persona normal" solamente piensa. Pero todos lo hemos pensado alguna vez. Al menos en potencia, todos somos criminales.

Y si fuéramos ajusticiados por nuestros actos, agradeceríamos de nuestros verdugos un poco de indulgencia y ahí está la paradoja del *Gato Pardo*: a fin de cuentas, y sabiendo que probablemente se merece una penitencia ejemplar y un final terrible, uno quisiera que el malo se salve.

GONZALO ARAICO MONTES DE OCA
Editor

*R*eza un antiguo refrán que: "de noche, todos los gatos son pardos". Perla del saber popular, que aplica a tantas situaciones en la vida que se convierte en una auténtica máxima de batalla, infalible para quien aprende a sacarle provecho.

El conocimiento de las penumbras y la habilidad para desplazarse entre ellas siempre ha sido, y seguirá siendo por mucho tiempo más, la herramienta primordial de supervivencia de quienes navegan entre las intrincadas capas de la sociedad. ¿A quién no le viene bien caminar sobre la línea que separa lo legal de lo ilegal? ¿O a lo correcto de lo incorrecto? ¿O a lo conveniente de lo legal? Así, siempre se podrá cruzar hacia el lado más cómodo cuando sea menester.

Mejor todavía, cuando incluso las leyes han sido diseñadas para que los linderos entre la obediencia y el desacato resulten borrosos, de tal suerte que sea imposible adivinar de qué lado se está parado muchas de las veces.

Al interior de una sociedad en la cual los más de los legisladores persiguen preferentemente el éxito en sus carreras políticas, en lugar de la procuración del bien común, esto no debe de extrañar a nadie.

Y la secuela inevitable es que, quienes estén encargados de poner en efecto las leyes, viciadas por tal circunstancia, caigan de la misma manera en la ambigüedad.

Entonces, no es para extrañarse qué porcentajes tan elevados de las fuerzas públicas, que supuestamente están para garantizar la seguridad de la población, se ocupen precisamente de lo opuesto. Las estadísticas no me dejarán mentir, pero menos todavía los noticiarios de cualquier día, que todos observamos tarde o temprano. La mayoría de las bandas criminales que caen en manos de las autoridades cuenta cuando menos con un elemento de alguna corporación policiaca entre sus filas.

El fenómeno ha penetrado tanto y tan profundo en el entendimiento de tantos, que ahora forma parte del inconsciente colectivo del mexicano. Resulta tremendamente cómodo poseer la capacidad de borrar esa tenue línea entre lo lícito y lo ilícito, porque así nos es permitido resolver una cantidad de problemas, sin importar qué tan pequeños o grandes puedan ser.

Los mexicanos nos jactamos constantemente de haber arreglado tal o cual asunto mediante una "mordida". Sin embargo, sentimos temor de los agentes de la ley, porque cuando alguno se nos aproxima no podemos adivinar para qué lo hace, al punto de tener que decidir en cada ocasión si acatar la orden de detenernos o mejor darnos a la fuga.

Pero lo que jamás hemos tomado en cuenta es que precisamente esa aceptación absoluta y sin cuestionamientos de que las leyes son flexibles es lo que ahora ha provocado la avalancha incontrolable de criminalidad que amenaza con sofocarnos, porque el crecimiento explosivo de los índices delictivos se soporta en eso mismo: la capacidad para zafarnos de alguna situación inconveniente a cambio de unos cuantos pesos. La aplicación de la ley casi siempre está en venta. Para todos y en todos los niveles. Por un camino o por otro. Y las más de las veces, con apego al derecho, porque siempre es posible intrincar un asunto dado si se le agregan los elementos suficientes, para lograr que lo que en primera instancia se viera en blanco y negro, se matice de pardo profundo.

El 27 de junio del 2004, mientras escribía esta historia, en la Ciudad de México se llevó a cabo la más impresionante manifestación que la sociedad civil haya efectuado jamás. Cientos de miles de personas, cientos de miles reales, que no como los que alegan reunir muchos políticos cada vez, marcharon vestidas de blanco por las calles de la metrópoli, para exigirle resultados al gobierno en materia de seguridad. Cansados de ser robados, vejados, secuestrados y peor aún, intimidados, por la aberrantemente desmedida cantidad de criminales que operan libremente entre la población, disfrutando de una impunidad que, *a priori*, resulta inexplicable.

Sin embargo, la explicación sí existe. Son gatos pardos. Como lo somos la mayoría, que nos indignamos cuando algo malo nos sucede, pero no dudamos en echar mano de la cartera a la menor provocación. Sea para librarnos de algún policía de tránsito que nos haya detenido, aunque lo haya hecho justamente, o para expeditar algún trámite burocrático.

Lo complejo del problema radica en que resulta mucho más sencillo contaminar, suceso que hemos hecho a la perfección, que depurar. Como cuando se funden dos metales para formar una aleación. Unirlos es cosa fácil, quedarán ligados de tal manera que no se distinguirá uno del otro, aunque el color resultante, curiosamente, casi siempre tienda a pardo. Sin embargo, separarlos implicará gastar mucha más energía y se llevará mucho más tiempo. De la misma manera, depurar la sociedad es posible, pero la tarea resulta titánica, además de que el resultado es altamente improbable, porque implica el convencimiento cabal de la inmensa mayoría.

Es parte de la naturaleza humana que todos seamos distintos dentro de nuestra similitud. Por eso, siempre aparecerán individuos incapaces de distinguir lo que los demás consideran correcto o incorrecto. Eso es natural, por lo mismo, jamás podrá lograrse la perfección en cuanto a lo que la convivencia implica. Sin embargo, si nuestros niños son criados viviendo las normas con ambigüedad, estamos garantizando que cuando sean adultos, perpetuarán las circunstancias que cimientan los horripilantes niveles de peligro en los que vivimos.

La historia a continuación es ficticia, al mismo tiempo que absolutamente verdadera. Cada uno de los hechos relatados ha sucedido, no una, sino que cientos de veces, aunque los nombres de los perpetradores puedan haber variado. Los sucesos ocurren entremezclados en el mundo cotidiano, aliados al resto de la gente, porque los actores también son miembros de la sociedad, como lo somos los lectores, operando en esa zona vaga en la que los colores se confunden porque la luz no es clara, y como los gatos, aprovechan para tornarse pardos.

Capítulo 1

—Yo no debería de estar aquí. Me entregaron. Seguro que me entregaron. Yo sé bien quién fue. ¿Si no, cómo?

Cabizbajo y con las manos cubriéndole la cara, el ex policía volvía a repetir su acostumbrado discurso.

—Si lo del gachupín era cosa fácil. Una movida de dos o tres días cuando mucho. Una lana rápida y ya. Lo liberábamos luego, luego. No tenía problemas. De veras que no tenía problemas.

Tras una pausa comenzaba otra vez:

—Es que yo no debería estar aquí. Pero ese desgraciado me vendió para salvarse.

Escuchando con paciencia, el joven abogado se limitaba a asentir con la cabeza de cuando en cuando, esperando a que su cliente terminara de volcar los sinsabores de su alma atribulada. Hacía como que lo escuchaba mientras dejaba que su mente volara a cualquier otro lugar. La historia se repetía igual en cada ocasión, y sus cuentos ya los había oído varias veces antes; por lo mismo, sabía que no le llegaría el turno de hablar sino hasta que su defendido hubiera terminado de desahogarse.

Ignorando la interminable cantata que sonaba como música de fondo, Adalberto Rodríguez, el novel litigante, repasó eso que lo había tenido tan atormentado en los días recientes.

Había adquirido su cédula profesional apenas un año antes. Egresado de una escuela de mediano prestigio, y sin haberse graduado con más honores que la emocionada felicitación de sus padres, pasó momentos difíciles para conseguirse un empleo. Por eso se desempeñaba como defensor de oficio en una de tantas delegaciones de la Procuraduría de Justicia en la Ciudad de México. Siempre había querido ser penalista. Desde que, cuando pequeño, miraba con admiración a tantos protagonistas de las series estadounidenses de televisión o de las películas de Hollywood, que eran capaces de ganar cualquier caso con tan sólo esgrimir sus habilidades histriónicas. Él nunca había estado conforme con su naturaleza tímida, por lo que al adueñarse de la personalidad de esos héroes se sentía realizado. Deseaba más que nada que algún día la vida le proporcionara la oportunidad de representar uno de esos papeles magníficamente triunfadores. Así, todos sabrían por fin quién era él.

Pero los meses pasaban y la realidad lo tenía cada vez más desencantado. En su calidad de defensor público apenas recibía los casos más simples. Algún vagabundo que hubiera sido sorprendido robándose cualquier cosa insignificante de una tienda, o algún indígena que difícilmente hablara español y que hubiera sido inculpado por alguien más listo para librarse de algún delito menor. El hombre que seguía hablando enfrente era hasta ese momento su cliente más relevante, y si había llegado hasta él era nada más porque toda su gente le había volteado la espalda y no contaba con un solo cinco para defenderse. Quizá un triunfo en este caso le abriera algunas puertas, por eso lo consideraba como su prioridad.

De pronto, regresó a la realidad para descubrir que su defendido por fin se había callado y ahora lo miraba intrigado, como quien espera una respuesta. Pero él no le había prestado atención, por lo que, con su habitual timidez, le pidió que le repitiera la pregunta.

Inmenso cual ofendido, tornando su depresión en cólera, el prisionero se puso en pie, empujando violentamente la mesa que los separaba al hacerlo.

—¿Pos qué no está escuchándome, licenciado? —fue su reclamo—. Si llevo más de media hora hablando y usted parece que está en otro mundo. ¿Así cómo me va a ayudar?

Adalberto había pegado un salto para meterse en una de las esquinas del cuarto de entrevistas; con pánico en la mirada buscaba al custodio que debería estar vigilando a través de la ventana, pero el desinteresado vigía no había notado nada y seguía con la mirada clavada en la historieta que llevaba ya un rato leyendo. El corazón latía desenfrenado y no lograba articular palabra. Estaba a merced de la ira del mastodonte que tenía enfrente y no atinaba a adivinar en qué terminaría todo, pero, para su fortuna, su cliente había caído en un nuevo episodio de extroversión y recitaba una vez más sus desgracias, una por una, aunque ahora con mayor vehemencia.

Aguantó así unos minutos, encogido y escudándose con el portafolio, como si sus escasos conocimientos de las artes legales, inexpertamente plasmados en los documentos contenidos en el maletín, pudieran protegerlo por obra de magia de la furia bruta y elemental del reo. Éste continuaba con su soliloquio y ni siquiera había vuelto a mirarlo, por lo que armándose de valor se escurrió hasta la puerta y abandonó la habitación.

Lívido y tembloroso, el abogado pasó frente al custodio; sin siquiera voltear para mirarlo pronunció un "terminamos". Así le informaba que podía llevarse al prisionero de vuelta a su celda o a donde correspondiera. No tenía el menor interés en averiguar qué podría seguir. Lo único que había en su mente en ese momento era encontrar la manera de librarse de ese caso. Adalberto no era tímido por casualidad. Su fisonomía corta y casi esquelética lo había hecho inseguro desde pequeño, en contraste con la humanidad masiva y hosca de Ramón Márquez, que seguía despotricando en soledad y lo hacía sentirse indefenso.

Caminando con paso decidido, abandonó el reclusorio y entró en el edificio contiguo, sede de los juzgados. Necesitaba con urgencia hablar con el Juez que llevaba el caso para buscar la manera de zafarse. Sabía que el secretario lo haría esperar un rato más que largo; ésa era la costumbre; sin embargo, no se marcharía hasta haber logrado su audiencia.

Las dos horas de espera, sentado en una silla cerca de la puerta, obraron el efecto de calmarlo. Si bien ya llevaba un buen rato de sentirse tranquilo, al punto de haber comenzado a dormitar, seguía decidido a librarse del violento ex policía al que el destino lo había llevado a defender. Esperaría el resto del día de ser necesario, pero lograría hacerse escuchar por el Juez.

Por fin, la voz del secretario lo invitó a pasar. Tomando su maletín se puso en pie para avanzar penosamente los diez metros que lo separaban de la puerta de la oficina. Las piernas se le habían entumido; a pesar de sus esfuerzos por disimularlo, su andar hacía recordar al de un lisiado. Esto se sumó al nerviosismo que de por sí sentía cada vez que encaraba a un juez. Su carácter inseguro lo hacía tartamudear al menor asomo de presión.

Con timidez que rayaba en lo desesperante, traspuso la puerta de la oficina. Detrás del escritorio, entre pilas de expedientes gruesos, el Juez leía uno de tantos con las mangas enrolladas y la corbata floja. Pareció no notar la presencia del visitante, porque tardó más de un minuto en levantar la vista apenas un poco sobre los anteojos. Recorrió por un momento la figura del joven abogado para clavarla otra vez en los documentos que estudiaba. Esto puso aún más nervioso a Adalberto, que sintió cómo la boca se le secaba, al grado de saber que no podría pronunciar palabra cuando el momento llegara.

Tuvo que salir para buscarse un trago de cualquier cosa. Fue hasta los sanitarios y pegó la boca en la salida del lavabo. Nunca tomaba agua del grifo, pero ahora no encontraba alternativa. Tenía que mojarse la lengua y volver cuanto antes. Hizo un par de buches que escupió y luego se pasó otros tantos. Tras limpiarse los labios con el dorso de la mano, regresó hasta donde el Juez, que ahora lo miró fijamente en cuanto cruzó la puerta de la oficina, tomándose un tiempo antes de hablar.

—¿Qué lo trae por aquí, abogado? —fue el saludo.

Tomando una larga bocanada de aire, Adalberto respondió:

—Señoría, con todo respeto, vengo a solicitar a usted que se sirva relevarme de un caso que no me siento capaz de llevar.

Logró decirlo de un solo tirón y de pronto sintió que la tensión disminuía. Lo más difícil ya estaba hecho. Encarar al Juez. Si estaba de acuerdo, sería tan simple como elaborar un breve escrito y presentarlo en el juzgado.

El Juez se echó para atrás en el sillón, dejando ver su panza redonda que desbordaba sobre el cinturón, y le preguntó de qué caso se trataba. El abogado le explicó rápidamente. De entre los montones de papeles sobre el escritorio, la mano morena del Ministro de la Corte jaló el expediente en cuestión. Revisó de una ojeada algunas de las páginas y volvió a mirar con fijeza a su visitante antes de responder.

—Lo siento, abogado —le contestó por fin—. La corte no tiene otro defensor para asignar por el momento. No puedo autorizar.

Apenas terminó de hablar, clavó la vista de vuelta en el legajo que había estado estudiando y se desentendió de Adalberto.

La respuesta cayó como una bomba sobre el inexperto abogado. Ni siquiera le había dado tiempo para exponer sus motivos. Estaba indignado. No tenía nada que ganar permaneciendo en ese sitio. Lo único que lograría sería irritar al Juez y eso rara vez es conveniente. Furioso, abandonó la oficina y caminó con paso más que rápido hacia la parada del autobús. Sentía la irrefrenable necesidad de alejarse de ese sitio. De poner tanta distancia como fuera posible entre él y Ramón Márquez, el salvaje ex agente de la Policía Judicial al que se le seguía proceso por varios delitos y cuyo caso no parecía, de cualquier manera, tener remedio. Estaba destinado a permanecer el resto de sus días encerrado. Los crímenes que se le imputaban eran demasiados como para encontrar el modo de librarlo de todos, el proceso sería tan largo que lo obligaría a verlo todavía muchas veces. Las lágrimas amenazaban con brotarle de los ojos, producto de la airada frustración.

Tomó el autobús para volver a casa. Logró encontrar un asiento vacío y se acomodó. No quería pensar más en lo que le pasaba, se sentía desgraciado. Sin embargo, al paso de los minutos cambió su humor poco a poco, hasta que el sentido común comenzó a imponerse sobre el miedo irracional.

Ahora, se le antojaba que el futuro del delincuente, que tanto temor le producía, en realidad estaba en sus manos. Si bien sacarlo del encierro era casi imposible, una mala actuación de su parte garantizaría la condena más larga posible. Después de todo, él también tenía cierto poder sobre su cliente. Si jugaba correctamente sus cartas en la próxima entrevista, quizá lograría que se refrenara. Estaba decidido. Volvería al día siguiente y tomaría el control de la situación.

eso de las diez de la mañana, el patio del reclusorio rebosaba de actividad. De no ser porque el aspecto de quienes ahí estaban no tenía nada de inocente, la escena podría haber sido la misma que la del recreo en cualquier escuela. Entre los numerosos corrillos, algunos pateaban un balón mientras otros jugaban un partido de basquetbol.

Cerca de una de las esquinas, Ramón Márquez daba la última fumada al cigarrillo. Había pasado casi un mes sin poder darse ese lujo. Ya nadie lo visitaba, por lo mismo, no había tenido en dónde conseguirlos. Para su fortuna, apenas unos días atrás había sido reclutado por "El Atila", uno de los capitanes de la comunidad, quien se había tomado su tiempo para hacerlo. Primero lo observó con detenimiento y después pidió referencias. Si iba a confiarle sus asuntos, debería antes que nada estar seguro de su lealtad. Finalmente aprobado, y como parte de sus nuevos privilegios, recibía tanto tabaco como pudiera consumir.

Su 1.87 de estatura y sus 130 kilos de peso lo hacían único, y sabiéndose que los hechos que lo habían llevado hasta ese lugar habían involucrado cantidades sustanciales de violencia, era candidato idóneo para ser incorporado en la organización.

El grito de uno de los custodios desde el extremo opuesto del patio lo hizo levantar la vista y prestar atención. "¡Macetón!" se volvió a escuchar entre el barullo. Era a él a quien le hablaban. Ése había sido su apodo desde los años de juventud, cuando era uno de los bravucones de su barrio, y el mote lo había seguido hasta ese lugar.

Antes de levantarse, volteó para buscarle la cara al Atila. Ahora que estaba a su servicio necesitaba su autorización para separarse de él. El jefe le dio permiso de atender al llamado con un movimiento casi imperceptible de cabeza. Sin hacer mayor aspaviento se puso de pie y cruzó el patio por el centro. No le importó interrumpir el juego de pelota. Ahora nadie se atrevería a meterse con él y era importante recordárselo a todos cada vez que se diera la oportunidad.

—¿Qué pues? —preguntó al custodio que lo esperaba en la puerta, balanceando unas esposas en su dedo índice—. Tienes visita —le respondió—, dame las manos.

—¿Y ahora por qué? —reclamó con cierta tibieza, mientras mostraba las muñecas—, nunca me ponen ésas...

—Parece que asustastes ayer a tu licenciado y así lo pidió. Yo nada más obedezco órdenes.

El Macetón se limitó a mover la cabeza de un lado a otro en señal de reprobación mientras se sometía al procedimiento. En el fondo sabía que su exabrupto de la mañana anterior no podría traerle nada bueno; los resultados comenzaban a hacerse patentes. Adalberto era su tercer abogado desde que cayó en prisión; aunque dudaba que lograra hacer mayor cosa por él, era la última esperanza que le quedaba y su único contacto con el mundo en el exterior. Fuera de él, ya nadie lo visitaba.

Caminó con la cabeza gacha por los pasillos del reclusorio. No sabía qué era lo que lo hacía sentirse peor: si llevar las manos esposadas justamente ahora que se sentía más importante o tener que mirar otra vez a su abogado. Había pasado la noche pensando que no lo volvería a ver. Quizá ahora lo visitaba nada más para informarle que dejaría su caso. El pesimismo era un rasgo preponderante de su personalidad y eso lo hacía sumirse con facilidad en la depresión.

La puerta de la sala de entrevistas se abrió. Ahí estaba el joven abogado. No se había sentado desde que llegó. Los nervios no se lo permitían, aunque hacía esfuerzos por disimular su intranquilidad. Se encontraba parado al lado opuesto de la mesa, como si tratara de guarecerse del cliente que ahora cruzaba la entrada.

No lo saludó, pero le pidió al custodio que permaneciera en el interior por un momento. Quería contar con su protección cuando menos mientras aclaraba las cosas con Ramón. Había pasado la tarde anterior meditando sobre la situación y por la noche había buscado a uno de sus maestros para pedirle consejo. De ahí había sacado la idea de solicitar que esposaran al reo. Eso le ayudaría a establecer su posición. Pero no sabía cómo tomaría su cliente lo que tenía que decirle. Por eso, no se atrevía a quedarse a solas con él. Cuando menos, no todavía.

Ramón mantenía la mirada en el piso. Era obvio que se encontraba apenado y eso era una buena señal, por lo que, tratando de que la voz brotara firme de su garganta, Adalberto inició con el discurso que había preparado tan a conciencia.

—Mire, don Ramón —había optado por darle ese tratamiento con la intención de marcar claramente las diferencias entre ambos—. En este momento yo soy su única opción. Si abandono su caso, su proceso se alargará quién sabe cuánto, pero si me vuelve a hacer lo de ayer, ésa será la última vez que me vea, eso se lo aseguro, no porque abandone sus asuntos, sino porque los voy a desatender para que se resuelvan del peor modo posible. Eso puede costarle más tiempo aquí adentro, ¿estamos?

El prisionero levantó apenas la mirada y musitó:

—Está bueno, licenciado. Será lo que usted diga.

—Recuerde nada más que no tiene usted modo de costearse un abogado, por eso me asignaron a mí, pero por lo que me pagan no veo la necesidad de exponerme a conductas violentas. Yo estoy tan atorado con usted como usted lo está conmigo. Tengo algunas ideas que pueden ayudar, pero va a tener que comenzar a confiar en mí y a contestarme con la verdad a todo lo que le pregunte, ¿estamos?

—Sí, licenciado —volvió a responder con el mismo tono apagado.

—Siendo así, nos vamos a quedar sólo usted y yo para comenzar a platicar de una buena vez. El tiempo es oro.

Pidió al custodio que los dejara a solas y se sentó a la mesa mientras el Macetón hacía lo propio. Hasta el momento todo parecía ir saliendo bien, pero necesitaba conservar la relación en los términos apenas establecidos, por lo que pretendía proceder con cautela.

Comenzó por explicarle que él era un abogado con poca experiencia para llevar asuntos como ése, pero para la corte eso daba lo mismo, toda vez que tenía una cédula profesional que le calificaba como un litigante competente. Lo más común es que quien llegue a caer en una situación como la suya cuente con el apoyo de familiares o de amigos para proporcionarle un defensor experimentado, aunque por algún motivo que aún desconocía a él lo habían abandonado. En el curso de los días siguientes debía revelarle los porqués de tal actitud. Por lo pronto, comenzarían por repasar las cosas desde el principio.

El expediente indicaba que se le seguía proceso por cuatro delitos distintos, a saber: abuso de autoridad, asociación delictuosa, asalto con violencia y secuestro. Los cuatro imputados simultáneamente cuando fue arrestado. Hasta ese día, las entrevistas entre abogado y cliente habían parecido más sesiones con el psicólogo que otra cosa. Ramón se pasaba un rato largo quejándose de su vida y luego respondía con evasivas a las preguntas de Adalberto. Eso no podía continuar así. Si no comenzaba a contarle la verdad tal cual era, no tendría elementos para preparar una defensa sólida, por lo que para comenzar, debería relatarle los hechos que lo llevaron hasta ahí con lujo de detalles.

El Macetón había estado reacio a hablar, pero ese día algo le soltó la lengua. Quizá fue la humillación de estar esposado, o tal vez que Adalberto había logrado convencerlo con su nueva actitud; el caso es que la verdad comenzaría a aparecer.

—Está bueno, licenciado. ¿Por dónde quiere que empiece?

—Antes que nada, voy a explicar lo que se puede y lo que no se puede lograr —le respondió, y tomando una hoja de papel y una pluma comenzó a escribir mientras hablaba—. Así están las cosas: por asociación delictuosa son de cinco a diez años, más la mitad por ser funcionario del gobierno; por abuso de autoridad son de dos a nueve años; por privación ilegal de la libertad son de veinte a cuarenta años y por robar con violencia un vehículo de siete a quince, más la mitad por ser funcionario. Si yo trabajo mal, puede recibir penas hasta por ochenta y seis años y medio. Claro que no le aplicarían más de sesenta, porque es la condena máxima que la ley prevé. Usted tiene treinta y ocho años, haga sus cuentas. Además, podría pagar hasta unos 120 mil pesos de multas. Claro que eso podría esperar hasta el final de la condena, pero de todos modos habría que hacerlo.

Los números cayeron como una piedra sobre el Macetón. Sabía que se trataba de mucho tiempo, pero no de toda su vida. En ese lugar abundaban las historias sobre reclusos que habían salido mucho más pronto a pesar de haber hecho bastante más que él. Sin embargo, permaneció en silencio.

—Ahora, la otra cara de la moneda —prosiguió—. Si se dan las mejores circunstancias y usted me ayuda incondicionalmente, también podría suceder que estuviera fuera de aquí en cuanto el juez dicte sentencia definitiva, en un par de años cuando mucho. Para lograrlo, necesito conocer toda la verdad hasta el menor detalle. Me va a contar toda su vida, desde que nació hasta que lo metieron aquí. Tenemos todavía dos semanas para presentar nuestra defensa.

La cara del Macetón se iluminó de pronto. Las últimas palabras del abogado lo habían tomado por sorpresa. Tanto, que ahora se sentaba erguido en la silla y con los ojos bien abiertos.

—Pos cuánto me va a cobrar, licenciado —se le escapó.

—Nada —fue la respuesta sencilla—, pero tenemos que ganar. Usted recupera su libertad y yo me libro de seguir como defensor de oficio. Si ganamos, me van a sobrar los clientes. Usted es mi mejor oportunidad, por eso lo he aguantado hasta ahora, pero tenemos que trabajar juntos de aquí en adelante. Así de fácil.

—Siendo así, dígame por dónde comenzamos.

—Lo primero que hará es entrar al programa de oficios de la prisión. Necesitamos que demuestre una conducta impecable a partir de este momento. Además, es muy probable que tenga que cubrir alguna multa para salir, así es que le recomiendo que ahorre los centavos que le van a pagar. Le van a hacer falta al final.

—Ahí está la fregadera, licenciado —contestó el Macetón perdiendo el tono optimista en la voz—. Apenas me reclutaron y no sé qué le parezca al Atila que le salga con que voy a trabajar.

—Pues tendrá que dejar al Atila —respondió lacónicamente el abogado.

—Pero eso no se puede. Usted no sabe cómo es aquí adentro. Para sobrevivir se necesita mucho dinero o pertenecer a alguna banda. Si no, se lo agarran a uno de bajada y ni la vida tiene segura. Yo ya tuve suerte de encontrar en dónde caer.

—Piénselo y me responde mañana. Hoy no cuento con mucho tiempo, pero lo veré a diario los próximos días para que me dé toda la información que necesito.

Ignorando la cara preocupada que dejaba en el Macetón, Adalberto se puso de pie con agilidad y abandonó la sala. Caminaba más ligero que nunca. Casi se sentía volar. ¡Qué diferencia con la entrevista de la mañana anterior! Ayer había salido despavorido. Hoy, en cambio, sentía por primera vez que podría dominar al temible Ramón y eso lo hacía sentirse inmenso, como jamás le había sucedido antes. Ya se veía convertido en uno de esos juristas ricos y famosos. Sólo tendría que ganar este caso, y su intuición le decía que era algo que podía lograrse.

Capítulo 3

dalberto esperaba en la puerta del juzgado desde las siete y media. Había llegado muy temprano para interceptar al Juez antes de que entrara en su oficina. Era la mejor manera que se le había ocurrido para saltarse la antesala. Necesitaba hablar ese mismo día con el hombre. Su estrategia para presentar una buena defensa requería de más tiempo, y el plazo para presentar sus pruebas y sus excepciones estaba próximo a fenecer. Tenía un buen argumento para solicitar una prórroga. Él había sido asignado tardíamente al caso, después de que el primer abogado abandonó al cliente cuando descubrió que nadie pretendía hacerse cargo de sus honorarios. Sin embargo, solamente el hombre por el que esperaba podría autorizar tal concesión.

Cuarenta y cinco minutos después apareció el Juez, caminando con su habitual paso apurado mientras saludaba a un lado y a otro a quienes se cruzaban en su camino. El joven abogado no lo pensó dos veces. Le cerró el paso hacia la oficina al tiempo que lo saludaba respetuosamente.

—Buenos días, señoría. Perdone que lo busque a esta hora, pero necesito hablar con usted.

El hombre, moreno y regordete, se detuvo en seco y lo examinó de arriba abajo, tal como acostumbraba. Lo había tomado por sorpresa, por lo que se tomó unos instantes antes de responder:

—Pase a mi oficina, abogado.

Se quitó el saco en cuanto estuvo adentro y lo colgó del respaldo del sillón, todavía sin haberse sentado, preguntó:

—¿Y bien?

Adalberto tartamudeó un poco antes de comenzar, pero pronto se recompuso.

—Vengo a solicitarle una prórroga, Señoría —logró por fin decir.

—¿Sobre qué bases? —repuso secamente el Juez.

Adalberto explicó con brevedad sus argumentos. No quería irritarlo. Bastante era ya que lo estuviera escuchando con atención.

—Por escrito y con el oficial —respondió pronto, señalando al hombre que entraba en ese momento—. Si el Ministerio Público no se opone, yo tampoco. Pase en dos días por el acuerdo.

—Gracias, Señoría. —Adalberto sintió la adrenalina descargar en su interior. Parecía haberlo logrado. Comenzaba a sentirse como un verdadero abogado en vez de como el simple novato que todos consideraban que era.

Pasó por el escritorio señalado y entregó el escrito que había gastado dos horas preparando la noche anterior. Todo parecía marchar bien.

Abandonó los juzgados y se dirigió a la puerta del penal. Tenía pensado usar el resto de la mañana para hablar con su cliente.

Media hora más tarde se encontraba sentado frente a Ramón, que había vuelto a llegar esposado. El preso no se veía tranquilo. Parecía que había pasado una mala noche; no era para menos. El Atila lo había obligado a contarle lo que habló con su abogado el día anterior y Ramón no había dudado en repetir las palabras de Adalberto. A partir de ese momento, se convirtió en el hazmerreír de todos los reclusos. Las bromas no habían cesado hasta entonces ni terminarían pronto. El que menos, lo acusaba de cándido, y de ahí para arriba.

El Atila le había dicho muy claramente que, si pretendía ganarse algún dinero, lo único que podría hacer sería entrarle al negocio de la distribución en el penal. Debería olvidarse de esas tonterías de entrar al programa de oficios. Eso no era para él. Además, le había recordado que los únicos que lograrían salir pronto lo harían porque tenían dinero y un buen abogado; ni siquiera esto era garantía. Si esperaba que un mocoso que no le cobraba nada lo sacara de ahí, estaba completamente loco.

Con la cabeza bullendo de dudas y el ánimo caído por las burlas, no había logrado pegar los ojos en toda la noche. No podía decidir si decirle al abogado lo que sentía o mejor hacerle el juego. Sabía que no tenía nada que perder colaborando con su defensor, pero su personalidad depresiva había vuelto a tomar el control y no tenía ganas de hablar. Su sueño de libertad no había durado ni dos horas.

Adalberto pasó un rato difícil para convencerlo de que comenzara con su relato. El Macetón se comportaba como un infante y apenas respondía con monosílabos a sus preguntas; sin embargo, pudo más el deseo de triunfo del abogado que la resistencia pasiva del convicto; la historia comenzó por fin a tomar forma.

Todo comenzó ocho meses atrás, el día en que Ramón cumplió 38 años. En ese entonces, trabajaba como agente de la Policía Judicial del Distrito Federal y todo parecía ir bien. Esa mañana habían participado en un operativo para buscar contrabando en el barrio de Tepito, cerca del centro de la Ciudad de México. Se habían reunido allí más de 300 agentes, más otros tantos efectivos de la Policía Preventiva. La redada había resultado movida como siempre; una vez más, habían agarrado a unos cuantos mientras que los peces gordos habían logrado huir o ni siquiera habían andado por ahí. No era la primera vez que sucedía. Aparentemente, era muy difícil mantener en secreto una operación de esa trascendencia, pero el espectáculo brindado a los medios de comunicación siempre justificaba el despliegue; las autoridades del gobierno citadino aprovecharían una vez más la oportunidad para pararse el cuello en los noticiarios.

Algunos de los elementos de las corporaciones, no todos, casi siempre encontraban la oportunidad de hacerse de alguna cosa, y la aprovechaban. Entre el revuelo que se armaba y hacer el inventario de lo decomisado se llevaban varias horas y siempre era posible desaparecer algún equipo electrónico, y por qué no, también algún dinero en efectivo que hubiera quedado a la deriva en medio del caos.

Ése había sido el caso aquel día. Ramón se encontró por ahí un rollo de billetes que nadie más acertó a notar. "Mi regalo de cumpleaños", se dijo. "Si me llegó es porque me toca, si lo dejo pasar se lo llevará otro".

No tuvo que pensarlo dos veces para embolsárselo.

A eso de las ocho, terminado el papeleo, los declararon francos. Ramón tenía ganas de celebrar. Después de todo, era su cumpleaños. No dudó en invitar a su bola, los tres con los que acostumbraba jalar en sus parrandas, para poner rumbo al cabaret, justo en las afueras de la ciudad, apenas entrando a Neza. Entre los tantos que hay en ese lugar, estaba su favorito. Ése en el que eran bien conocidos porque solían generar cuentas abultadas.

Su llegada fue bien recibida, como de costumbre. Todavía era temprano pero la música ya llevaba buen rato sonando; más tardaron en estar sentados en su mesa de pista que en estar rodeados por las muchachas. Todas los conocían, apenas era martes y la cosa auguraba estar floja. Conseguirse uno de los asientos en esa mesa resolvería su noche.

El Macetón se sentía con ánimo festivo. Apenas había desbaratado el rollo para contar el dinero y descubrir que traía más de cinco mil pesos con él. ¿Qué más se podría pedir? Esa noche ordenarían champaña, además de la acostumbrada botella de Don Pedro. Eso era lo que más les gustaba pedir a las ficheras, porque es lo que mejores comisiones les dejaba, además de que se iba como agua. Así, podría tener junto a él a la que escogiera. A más de una le gustaba acompañarlo. Su humanidad inmensa coronada por cabello chino, de color castaño tirando a rojo, sus brazotes velludos y tostados por el sol que se salpicaban de pecas, algún extraño encanto ejercían sobre esas mujeres, que disfrutaban colgándose de ellos toda la noche.

Pero esa velada no pretendía compartirla con cualquiera. Desde que enfilaron hacia ese lugar traía en la mente a Úrsula, la rubia desbordante, estrella de la variedad, que era la más solicitada en las mesas. Por eso se había apurado a llegar. Para encontrarla todavía disponible. Si iba a gastar buen dinero era porque se daría un gusto para el que no siempre le alcanzaba. En cuanto el capitán de meseros se le acercó ordenó la primera botella de la noche y le encargó que le llevara a la exótica mujer apenas terminara con su *show*.

Alrededor de la mesa, "El Negro", "El Poca Cara" y "El Pitufo", sus colegas y compañeros habituales de francachela, ya se habían hecho de sus respectivas parejas. Ahora el capitán servía a las damas de la primera botella de "champaña", apelativo usado en ese lugar, como en muchos otros, para designar al vino blanco espumoso de medio pelo que solían endilgarle a los incautos, siempre a petición de sus complacientes acompañantes.

El Macetón se encontraba extasiado, contemplando las contorsiones de Úrsula alrededor de un tubo. Los demás no perdían el tiempo. Entre broma y broma metían mano en la humanidad de sus parejas sin respetar límite alguno. Ése era el derecho ganado por brindarles champaña. Mientras hubiera algo de beber en sus copas, ellas permanecerían ahí, dispuestas y divertidas. También deberían bailar cuando el momento llegara, pero no por veinte pesos la pieza, como lo habrían hecho con cualquier otro, sino como parte del paquete de servicios contratado. Lo único que costaría aparte serían los "téibols"; para ésos siempre habría que comprarle un boleto a la "boletera" y entregárselo a la proveedora elegida para dispensar el servicio. El método parecía funcionarle a muchos, porque el lugar se seguía llenando a medida que el tiempo pasaba.

Apenas tres horas habían transcurrido cuando el capitán se aproximó al Macetón. En un rincón cercano se apilaban ya nueve botellas vacías de champaña y una de Don Pedro. Alrededor de la mesa, ahora se encontraban siete mujeres además de los cuatro clientes. Señalando discretamente hacia los envases le presentó el primer corte de la cuenta, que sumaba un poco más de seis mil pesos. Desenmarañando los brazos, que amenazaban con ahogar a Úrsula, tomó el cheque y lo revisó. Las cosas se habían salido de control y lo que traía no le alcanzaría, entonces llamó al Negro. Los dos se levantaron para alejarse un poco.

—Ya van más de seis —le dijo a su "pareja".

—¿No traes? —preguntó el Negro.

—Nomás cinco, ¿y tú?

—Como quinientos. Y ésos me andan pidiendo prestado para los téibols. No han de traer nada. ¿Qué hacemos?

—Ni modo de no pagar, vamos a tener que conseguir. Voy a depositar los cinco para que me dejen salir y me acompañas, diles a ésos que ya se acabaron la viejas. Si no, va a ser más.

Daba la medianoche cuando se subieron al auto patrulla con los distintivos de la Policía Judicial en los cuatro lados. No tenían un plan definido. Tomaron la lateral de la avenida Zaragoza con dirección al centro, mientras pensaban de dónde sacar el dinero que les faltaba. Entonces se presentó la oportunidad.

A unos cien metros adelante, un Mercedes Benz plateado se incorporó al carril. Salía de una de las calles laterales y no hizo por acelerar gran cosa.

—Donde hay carro hay billete —dijo el Macetón en voz alta, y sin tomarle opinión a su pareja encendió la sirena y lo alcanzó.

Sobresaltado, el conductor se orilló. Por el retrovisor no alcanzaba siquiera a atinar de qué clase de patrulla se trataba, pero habría sido imprudente no obedecer en el acto.

El Macetón se detuvo detrás y se bajó con pistola en mano; así caminó hasta la ventanilla del conductor.

—Baje el cristal y ponga las manos en el volante —ordenó con su voccezota.

Asustado, el hombre que conducía obedeció sin chistar. No podía adivinar de qué se trataba, pero no presentía nada bueno. El Negro llegó por la otra puerta y le ordenó levantar el seguro. Entonces se metió para revisar qué había en la guantera.

Hicieron bajar al conductor y lo pararon del lado de la banqueta, con las manos sobre el auto y las piernas abiertas.

—Este vehículo está reportado como robado en nuestra base de datos, nos lo vamos a tener que llevar —siguió el Macetón.

—Eso no puede ser —replicó con voz entrecortada el detenido, en la que se notaba ciertamente acento español—, que lo tengo desde nuevo.

—Pos así sale en la computadora —agregó el Negro—, y para nosotros es robado. Nos lo tenemos que llevar. Súbase a la patrulla para que nos acompañe. Éste me lo llevo yo.

Ahora, el hombre que acompañaba al Macetón era la víctima, a quien le comenzó a sacar la plática con habilidad mientras conducía despacio, seguido de cerca por el Negro en el Mercedes.

—¿De dónde es usted? —preguntó.

—De Murcia. Eso es en España —respondió.

—¿Y lleva mucho tiempo en México?

—Cuatro años ya. He venido para administrar la planta de plásticos de un tío mío. Con eso de que a ninguno de sus hijos le ha gustado el negocio, me trajo a mí.

—Esto le va a traer problemas. Es posible que hasta lo deporten, pero yo ya no puedo hacer nada. Reporté el arresto por radio antes de detenerlo. Ya no lo puedo dejar ir. ¿Tiene un buen abogado?

—¡Hombre! —respondió exaltado el español—, que todo esto ha sido un error. ¿Pa' qué quiero un abogado? Seguro me dejan irme en cuanto lleguemos a la estación.

—No lo creo —siguió el Macetón—. Por lo pronto va a tener que esperar a que llegue un juez para que autorice la fianza. Si el carro está reportado, se debe abrir la averiguación previa. De menos se va a pasar dos días detenido.

—¡Pero cómo! —contestó exaltado el español—, si le digo que el auto lo tengo desde nuevo. Apenas tiene seis meses y está a nombre del negocio. Revise usted.

—A mí nada más me toca consignarlo —respondió el Macetón maliciosamente—. Es una pena, parece usted decente, pero ya no lo puedo soltar, ya está reportado el arresto.

—Pero oiga, debe haber algún modo.

El Macetón se tomó un tiempo antes de responder.

—Solamente que en el control quieran desaparecer el reporte, pero eso no está fácil. Habría que repartirle a varios.

—¿Qué cosa me dice? ¿Que con dinero?

—Yo nada más trato de ayudarle. Allá usted.

—¿Y como cuánto habrá que dar?

—No sé, déjeme consultarlo con mi pareja.

El Macetón detuvo la patrulla y se bajó para dialogar con el Negro, mientras que su víctima permanecía sola. Esa técnica siempre resultaba. Platicarían durante cinco minutos de cualquier cosa en lo que su cliente se ablandaba lo suficiente como para soltar el dinero. Bastaría con que hiciera unas cuantas cuentas para descubrir que lo más barato y lo más práctico era resolver la situación por la vía de la mordida.

Diez minutos más tarde se encontraban estacionados frente a un cajero automático, esperando a que el español retirara los tres mil pesos que le costaría recuperar su libertad. No les había llevado ni media hora resolver su problema de efectivo. Todavía quedaba tiempo suficiente para regresar al cabaret y tomarse unas copas más.

Advirtieron a su víctima que lo mejor sería que no repitiera lo que había pasado. Los chismes corren rápido y ellos nada más lo habían hecho por ayudarlo, pero si después tenían problemas, regresarían a buscarlo.

José Francisco, el de Murcia, no sabía qué pensar. Se encontraba entre indignado, asustado y agradecido, sin atinar todavía a comprender lo que le había sucedido. Debería averiguar qué era lo que estaba mal con su auto, porque según él, todo debería estar en regla. Entonces preguntó:

—¿Y si me vuelven a detener de aquí a la casa? ¿Qué digo?

—Por eso no se preocupe —respondió el Negro de inmediato—, ahorita mismo lo reportamos por radio para que ya nadie se meta con usted, pero mejor arregle sus papeles mañana mismo.

Alguien con más experiencia habría esperado tal respuesta. La salida clásica de las fuerzas policiacas después de exprimir a algún incauto que había comprado protección. Que ya nada le iba a pasar, aunque el reporte radial jamás se produciría porque no hacía falta.

En cuanto el Mercedes se alejó, el Negro soltó lo que había estado reprimiendo.

—Ora si me apantallastes, ¿de dónde te sacastes ésa?

—Pos ya ves —fue la orgullosa respuesta de su pareja—. Ese gachupín todavía ha de estar tratando de adivinar qué fue lo que le pasó. Pero está bien así. Que devuelva algo de lo que se está llevando. Si no es de este modo, ¿entonces cómo?

La sorpresa del Negro era fundada. Lo normal era que él actuara como el cerebro en la pareja. No era ni remotamente del tamaño del Macetón, pero sí el más vivo de los dos. Por eso se complementaban tan bien.

Cuarenta minutos habían pasado desde su partida cuando llegaron de regreso al cabaret. El Poca Cara y el Pitufo los esperaban, sentados todavía a la misma mesa, pero ahora con los vasos vacíos y sin más compañía que la que ellos mismos se brindaban. Acabado el dinero, se había esfumado el encanto.

—Diles que ya se vayan —se dirigió al Negro—. Nada más le doy al capitán y pedimos la otra para ti y para mí.

Lo que quedaba de la velada ya no sería lo mismo. Ahora no tenían otra cosa que hacer que sorber sus tragos y mirar la variedad. El Macetón no lograba apartar la vista de Úrsula. Estaba obsesionado con ella; sin embargo, en cuanto la dejó había aparecido de inmediato otro dispuesto a gastar buenos pesos para obtener su compañía; ella se veía tan a gusto donde estaba ahora como hacía un rato, cuando eran sus manazas las que le recorrían las piernas.

Tanto alcohol y poca acción fueron apagando los ánimos. Habían pasado otras dos horas y se sentía mareado. Entonces llamó al capitán. Necesitaba conseguirse una grapa para levantarse. Aunque no acostumbraba meterse cosas, a veces recurría a la coca, en especial cuando sentía que estaba a punto de perder, como ahora.

El remedio no tardó en llegar. Así como lo recibió, trazó una línea con la mitad del polvo, y usando su gafete se lo metió de un jalón. La otra mitad se la guardó para más tarde. Uno nunca sabe.

Pero la parranda había decaído y el ánimo también. Lo único que los mantenía en ese sitio era lo que quedaba en la botella, que no dejaba de bajar, hasta que por ahí de las tres por fin se vació.

Abotagados y ya sin charla salieron del cabaret. El Macetón dejó al Negro en su casa y luego se fue a la suya. Estaba exhausto y más tardó en poner la cabeza en la almohada que en perderse de la realidad.

Capítulo 4

Cuando el Macetón abrió los ojos ya era tarde y estaba solo. Su mujer había salido para llevar a los niños a la escuela. Se había quedado dormido de más. La cabeza le dolía y tuvo que tallarse los ojos para poder leer la hora en el reloj. No llegaría a tiempo a pasar lista. Ni modo, no sería la primera vez. Además, había sido su cumpleaños, los jefes lo entenderían.

Se sentó en la orilla de la cama, pero todo parecía darle vueltas.

—¡Maldita champaña! —se dijo—, cada vez es lo mismo. No sé para qué me tomo esa porquería, nada más hace que pegue más fuerte la cruda.

Entonces recordó que había conservado la mitad de la grapa de la noche anterior. Seguía en el bolsillo de su camisa y en este momento le caería de perlas.

—Suerte que la guardé —pensó. Eso lo ayudaría a levantarse. Se la jaló sin pensarlo dos veces, pero el remedio no le resultó suficiente, por lo que se vistió y cruzó la calle para comprarse una cerveza en el estanquillo de enfrente. Eso sí que le funcionaría, por eso se la pasó de un solo tirón. Subió en la patrulla, que había pernoctado a las puertas de su casa, y liberando un eructo sonoro se puso en camino al trabajo.

Minutos después cruzaba la puerta del edificio que albergaba la delegación de la procuraduría. Apenas llevaba un cuarto de hora de retraso, no tendría problemas. Pero adentro lo aguardaba una sorpresa. En cuanto se reportó, pusieron en sus manos un vasito de plástico y le pidieron una muestra de orina. Estaban haciendo un examen *antidoping* sorpresivo a todo el personal. No podía haber sucedido en peor momento, pero no dijo nada. Tan sólo buscó los sanitarios mientras pensaba cómo resolver el problema. Siempre había modo. No era la primera vez.

Tal como lo suponía, cerca del baño de hombres se había formado un corrillo. Algunos de los que presentían que no pasarían el examen tenían acorralado a un donador. Un simple asistente que rara vez tenía la oportunidad de hacerse de algún dinero extra. Pero los que demandaban sus servicios eran demasiados para lo que podría entregarles, por lo que regateaban para acordar el precio de cada muestra.

Iban ya en 300 pesos por vasito. El Macetón echó mano de la cartera para revisar cuánto traía. Le había quedado todavía un billete de 500. Con eso bastaría. Lo tomó con la mano derecha y lo puso muy cerca de la cara del donador al tiempo que le dijo: —500 por la primera.

Suficiente para fijar el precio y asegurarse una muestra limpia antes que cualquier otro, él ya tenía resuelto su problema; los demás podían hacerle como quisieran.

Ignorando las protestas airadas de los otros, tomó por el brazo al asistente y lo condujo al mingitorio. No le quitaría la vista de encima hasta haber terminado, tenía que estar seguro de que la muestra era buena.

Minutos después entregaba el vasito a una enfermera, todavía tibio, y vigiló con atención mientras lo rotulaban. Asunto concluido. Él estaba limpio.

El lugar estaba atestado. La prueba se hacía en el cambio de turno y casi nadie se había ido todavía. Había el doble de gente que lo normal y el ritmo diario de las actividades se había suspendido. No había quién le asignara sus tareas para la jornada; menos aún, en dónde sentarse. Entonces abandonó el edificio y regresó a la patrulla. Todavía cargaba con los efectos de la cruda y necesitaba silencio, por lo que se sentó tras el volante y cerró los ojos con la intención de tomar una siesta rápida.

Comenzaba a quedarse dormido cuando el sonido de un fuerte golpe en el toldo del auto lo hizo saltar. Era el Negro, que apenas llegaba y lo había descubierto dormitando, por lo que había pegado una fuerte palmada en la lámina a modo de broma. El Macetón le gruñó antes de hablar.

—¿Apenas vienes llegando? —preguntó todavía molesto.

—Sí. Me quedé dormido —respondió cínicamente.

—Pos aguas. Hay *antidoping*. Mejor ni entres. Vete a tu casa y repórtate enfermo. Yo luego digo que ya andabas mal desde ayer.

—¿Y tú cómo le hiciste? —tuvo que preguntarle todavía su pareja.

—Ya me arreglé —fue la respuesta escueta.

El Negro se alejó por donde había llegado y el Macetón trató de conciliar el sueño otra vez, pero ya no pudo. Entonces volteó hacia el asiento posterior de la patrulla. Había un reguero de documentos en ese lugar. Un revoltijo de órdenes, copias de actas y papeles personales que llevaba más de un mes juntándose y que le urgía arreglar.

El Macetón se estiró para alcanzarlos y los puso en el asiento delantero. Era buena ocasión para enderezar ese desastre, así que comenzó a juntar y clasificar cada papel en su carpeta, pero no avanzó mucho antes de que algo llamara su atención.

Entre el montón habían aparecido los documentos que el Negro había sacado de un tirón de la guantera del Mercedes. Los había lanzado descuidadamente al asiento posterior de la patrulla, para después olvidarse de ellos. No les habían llamado la atención y no habían recordado devolverlos. Estaban ahí la póliza del seguro, la tarjeta de circulación y un sobre blanco. Ése fue el que atrajo la vista del Macetón, porque era exactamente como los que usan los bancos y todavía estaba cerrado.

—Ha de ser una tarjeta de crédito —pensó—, se me hace que sacamos premio.

Rompió el sobre con prisa para averiguar qué contenía, pero lo que encontró en un principio lo decepcionó. No era más que un estado de cuenta, aparentemente de la chequera de la empresa. Entonces lo revisó con más cuidado. Eran cuatro hojas repletas de cifras que no tenían para él mayor sentido, hasta que regresó al principio de la primera y lo que leyó lo hizo emitir un silbido.

—Este gachupín está bien cargado —dijo en voz alta—. Saldo promedio: un millón 224 mil pesos. Nada más.

Dobló el estado de cuenta y se lo metió en la bolsa trasera del pantalón. —Esto tiene que verlo el Negro —siguió—. Si hubiéramos sabido que tenía tanta lana no lo habríamos dejado irse por míseros tres mil pesos. Le habríamos sacado más y me habría alcanzado para llevarme a la Úrsula. Con las ganas que le traigo.

La sola mención del nombre de la rubia que tan obsesionado lo tenía, hizo que su mente volara en esa dirección. Nunca había logrado llevársela después del *show*. Su salida costaba cara. Como era la estrella principal había que pagar dos mil pesos, además de esperar hasta que terminara con su segunda participación, lo que sucedía como a eso de las tres y media de la mañana. Para esa hora ya nunca le quedaba suficiente dinero, por lo que no había podido jamás darse ese gusto y su fijación por ella iba en aumento.

Media hora más tarde volvió a entrar en el edificio. Ahora todo el personal se aglomeraba en el *lobby* en una junta para recibir instrucciones. El mensaje era escueto. Nadie debería alejarse hasta que salieran los resultados de las pruebas. Unas tres horas cuando mucho. Después de eso, todo volvería a la normalidad.

El Macetón se dio la vuelta para salirse otra vez. Comenzaba a hacer calor y tenía hambre. Todavía le quedaban unos pesos en la cartera, por lo que cruzó la calle y se sentó en un restaurantito discreto que se especializaba en mariscos. Un buen "vuelve a la vida" servido en un lugar fresco era lo que le estaba haciendo falta. Mientras lo atendían y después de haber terminado, en su cabeza solamente se alternaban dos temas: Úrsula y el dinero del español. En su mente revuelta cruzaba de un modo y de otro las situaciones, imaginando que, aunque fuera sólo por un rato, las dos cosas llegarían a ser suyas.

Ahí se quedó, fumando cigarrillo tras cigarrillo, hasta que a través de las ventanas notó que la actividad volvía en el edificio de enfrente. Entonces se puso de pie y entró para reportarse, justo cuando alguien leía en voz alta una lista de nombres. El suyo estaba entre ellos. Eso no podía ser cosa buena. Algo le decía que estaba en problemas, aunque no atinaba a dar con la causa. Terminó por quedarse parado ahí, en compañía de otros ocho, mientras que los demás se retiraban. El Comandante, que era quien los había nombrado, pidió que lo acompañaran y los guió hasta una oficina.

—Señores —se dirigió a ellos una vez cerrada la puerta—, sus análisis dieron positivo. Si alguno cree que pueda haber un error, tienen la oportunidad de repetir la prueba.

Sólo silencio obtuvo como respuesta. Nadie osaba articular palabra. El Macetón volteó para buscar a su donador. Si su *antidoping* había salido mal, lo mismo debería suceder con el del asistente, pero a él no lo habían nombrado; por lo mismo, no estaba ahí. Algo no cuadraba y no lograba decidir qué hacer, aunque la única manera de ganar tiempo era optar por tomar la prueba otra vez, por lo que se adelantó y lo solicitó.

El médico le mostró sus resultados. Daba positivo en THC. Eso era marihuana. Obviamente había un error. Quizá pudiera conseguir otra muestra en esta ocasión también. Desde luego que quería tomar la prueba nuevamente. De eso dependía su futuro en la corporación.

Él fue el único de los nueve que pidió repetir. Los otros ocho fueron conducidos al despacho del Comandante mientras el Macetón se quedaba con el doctor.

—Tan fácil como que me dé otro vasito y ahorita consigo quién —pensó—, no puede ser tan difícil.

Pero poco habría de durar su optimismo. El galeno le presentó un nuevo receptáculo para la muestra, tal como lo esperaba, aunque esta vez le pidió que lo llenara ahí mismo, en su presencia. Ésa era la condición.

La noticia le cayó mal. Pudo sentir que la sangre le hervía y se le subía a la cabeza, poniéndolo todo colorado de la cara. Tenía la necesidad de responder agresivamente, como lo hacía cada vez que se le presentaba un contratiempo, pero en esta ocasión se controló. El médico lo observaba y notó que se ponía de nuevo todo rojo de la cara. Entonces intentó algo inusitado. Le dijo que sentía vergüenza de depositar la muestra enfrente de él, porque en realidad era tímido cuando se trataba de exhibirse y que necesitaría ir al sanitario para hacerlo o de otro modo no lo lograría.

El médico se quedó mirándolo a los ojos por un momento. Al Macetón se le volvió a subir el tono de la cara, aunque ahora sí era de pena. Pensó que no había logrado engañar al doctor, pero para su sorpresa, fue lo contrario.

—Mire, don Ramón —respondió con tono grave—, no lo puedo dejar salir, pero yo puedo retirarme mientras usted me produce la muestra, ¿qué le parece?

Desconcertado, el policía tuvo que acceder. ¿Qué más le quedaba?

El hombre de blanco salió, dejando al Macetón pensativo.

—Si tan sólo hubiera con qué hacer una muestra aquí adentro —pero no veía nada que pudiera servirle por más que buscaba.

Pasaron dos minutos y el doctor tocó a la puerta.

—Un momento —gritó desesperado el ocupante. Sabía que tendría que darse por vencido. Entonces depositó la muestra en el vasito de mala gana y llamó al médico. Su suerte estaba echada. Solamente un milagro lo salvaría.

El milagro parecía que iba a ocurrir. El médico despachó al Macetón y le pidió que volviera una hora después por los resultados. Si había dado positivo en THC, eso era lo que buscaría. El policía no le hacía a la marihuana, nada más a la coca y sólo a veces. El galeno efectuó el primer análisis, que resultó negativo. Parecía que la suerte estaría con el más osado.

Pero algo molestaba al doctor. No le había gustado la primera reacción del policía cuando le dijo que debería dejar la muestra sin salir de la oficina. Entonces se siguió de frente con los demás reactivos, hasta que uno de tantos dio positivo. Era un hecho. En la muestra había rastros de cocaína. Por poco y lo engañaba, pero lo había pescado. Sin embargo, al haber variado los resultados de los dos exámenes, podía pedirse un tercero. Ésa era la norma, aunque el hombre de blanco sabía que difícilmente se lo solicitarían. Lo único grave del asunto era descubrir que la primera muestra que había entregado no era suya. Si él lo había logrado, era de suponerse que otros también lo hubieran conseguido.

Rato después, el Macetón recibía la misma plática del Comandante que los otros ocho. Antes que otra cosa, estaba suspendido. Sin embargo, había todavía una oportunidad de salvar el trabajo. Si accedía a participar en un programa de rehabilitación y después se comprometía a efectuarse análisis periódicos, podría reincorporarse al finalizar el tratamiento. Sus demás compañeros habían aceptado el ofrecimiento, aunque no sería sencillo. Perderían el salario mientras no fueran reincorporados. Necesitarían encontrar otra manera de subsistir durante ese tiempo.

Tuvo que aceptar tal como los demás. No perdía nada firmando los papeles que el Comandante le tendía. El primero era su aviso de suspensión por tiempo indefinido. Seguiría siendo policía mientras que la suspensión estuviera en efecto, aunque sin ningún privilegio. El otro era la carta en la que se comprometía a presentarse de inmediato en un centro de rehabilitación en las afueras de la ciudad. Su tratamiento correría por cuenta del gobierno, aunque debería permanecer internado allí cuando menos durante los 35 días que el programa implicaba.

Cinco semanas encerrado. Eso fue lo que más le molestó. Si él ni siquiera era adicto. No echaba mano de la coca sino en contadas ocasiones. Casi siempre porque estuviera muy desvelado o a punto de perder el control cuando bebía. Eso de tomar sí que lo hacía con frecuencia, pero era lo normal. Mientras llegara sobrio a trabajar no debería causarle problemas.

El comandante le pidió su arma de servicio. Ése era el procedimiento. También le pidió que entregara la patrulla después de retirar los efectos personales que pudiera tener en ella. Lo único que conservó fue su gafete. Lo necesitaría para ingresar en el centro de rehabilitación.

Una hora después estaba consiguiendo un aventón para regresar a su casa. Tan sólo llevaba consigo unas cuantas cosas; entre ellas, los papeles del español.

Capítulo 5

Rayaba el mediodía cuando el Macetón llegó por fin a la reja del centro de rehabilitación. Largo había resultado el camino desde su casa hasta Ixtapaluca. Primero en el metro, después en el tren ligero, y para terminar, en un microbús. Pero eso no había sido lo peor esa mañana.

En cuanto su mujer entró de dejar a los niños en la escuela, le tuvo que dar la noticia. No le quedaba más tiempo. Había buscado sin éxito la manera de hacerlo desde la tarde anterior; sin embargo, ahora resultaba apremiante. Había llegado la hora de ausentarse hasta que hubieran transcurrido cinco semanas. Por eso había aguardado el regreso de su esposa sentado en la cocina y con la maleta entre las piernas.

—¿Qué me estás diciendo, Ramón? —le reclamó airada en cuanto se enteró—, ¿de qué crees que vamos a vivir mientras no estés?

De un tiempo a la fecha su relación se había limitado a las entregas periódicas de dinero, que él puntualmente cumplía. Ella ya no le preguntaba a él qué hacía todo el día y él tampoco le contaba nada. A cambio, él la dejaba hacer lo que quisiera mientras que la casa estuviera en orden y los hijos atendidos. Así lograban sobrellevar su matrimonio. Cada quién obteniendo lo que necesitaba.

Sabía de antemano que tendría que dejar el asunto del gasto resuelto, pero se le había ocurrido que sería mejor esperar a que ella lo sacara a relucir. Si él se lo hacía ver difícil, quizá ella se animaría a echar mano de su guardadito; él sospechaba que lo tenía, porque lo que le daba cada quincena no era poco.

Sin embargo, Consuelo no era en modo alguno inocente. En lugar de mostrar simpatía por lo que le pasaba a su marido mejor sacó las uñas; el Macetón no estaba de humor para pelear esa mañana.

Convencido de que no ganaría la discusión y con el tiempo corriendo apremiantemente, terminó por echar mano de su esclava de oro. Esa cadena gruesa y pesada que usaba de día y de noche alrededor de la muñeca derecha. Se la tendió a su esposa diciéndole que debería llevarla al empeño y guardarle la boleta. Él se encargaría de recuperarla cuando volviera.

Pero la mujer sabía hacer cuentas y de inmediato le contestó que eso no sería suficiente. Necesitaba más, sería mejor que lo dejara arreglado antes de partir. No estaba dispuesta a llegar al punto de tener que pedirle prestado a nadie. Era responsabilidad de Ramón proveer la casa, y así debería hacerlo.

Consuelo lo había llevado justo hasta el punto al que él se había resistido a llegar. A pesar de que sabía bien cómo resolver el problema, no deseaba tener que emplear su último recurso. Sin embargo, ahora su esposa lo tenía acorralado, por lo que regresó resignado a la recámara y abrió el cajón que mantenía con llave. Ahí atesoraba sus más preciadas posesiones. Las tres pistolas que habían caído en su poder a lo largo de varios años de correrías y que estaban en perfecto estado. Valían buen dinero, por eso las había conservado. Además, necesitaría una de ellas como reemplazo ahora que había entregado su arma de servicio. No le gustaba andar desprotegido. Uno nunca sabe.

Se quedó mirándolas durante unos segundos hasta que logró decidirse. Sería la Mágnum. El único revólver entre las tres piezas. Estaba impecable y con el niquelado intacto. Se podía adivinar que casi no había sido disparada. La 357 Mágnum de Smith and Wesson con cañón de cuatro pulgadas debería valer unos seis mil pesos, sería fácil venderla en el mercado negro. Con eso debería bastarle a Consuelo.

Con el arma envuelta en un trozo de franela gris volvió a la cocina. No dijo más. Sólo la puso sobre la mesa.

—Le hablas al Negro para que te ayude a venderla —la instruyó—, vale como seis, no vayas a aceptar menos de cinco. Seguro que van a tratar de abusar de ti.

Entonces el Macetón se puso sentimental y le pidió a su mujer que le diera un beso de despedida, algo que no había hecho en meses, a pesar de que algunos años antes ésa había sido la costumbre. Consuelo se le acercó y lo rozó con los labios fríamente, apenas tocándolo en la mejilla. Él no hizo más. Se dio la vuelta y se marchó. La indiferencia de su esposa fue la puntilla que remató los pesares de la mañana. Ramón estaba deprimido.

Su humor no había cambiado cuando llegó a la clínica en Ixtapaluca. A pesar de que la vista era hermosa, con los volcanes nevados al fondo y los campos verdes alrededor, y de que el día era cálido y soleado, el Macetón seguía deprimido más allá de todo remedio.

Lo recibieron con una sonrisa amable, como era la costumbre, lo que no libró a su equipaje de pasar por la escrupulosa revisión de rigor. No podía pasar por la puerta ni siquiera una caja de aspirinas.

Lo guiaron hasta su habitación para que se acomodara y le indicaron que debía presentarse con el médico cuanto antes. Pero lo que descubrió lo hizo sentirse irritado. Había tres camas en el cuarto. A él no le gustaba eso de dormir acompañado, y menos si se trataba de desconocidos. Quién sabe qué clase de personas le fueran a tocar.

Lanzó la maleta sobre la cama del centro, que era la que le correspondía, y sin intentar siquiera disimular su enojo, salió en busca del médico. Presentía que los 35 días se le harían muy largos y dudaba ser capaz de soportarlos.

Minutos más tarde, el médico le explicaba en qué consistiría el tratamiento, paso por paso. Primero le haría un examen físico, que se complementaría con la historia clínica que él llenaría de mano propia en un formato. En seguida debería complementar un largo cuestionario, también por escrito, para valorar su perfil psicológico. En eso se le irían las horas restantes de ese día, que sería también el primero de la fase de desintoxicación.

Dependiendo de su nivel de adicción, podría suceder que sufriera síntomas muy distintos. Desde simples ataques de ansiedad hasta una crisis convulsiva. Por ese motivo, la primera noche no la pasaría en su habitación, sino en un cuarto privado, en donde sería monitoreado sin interrupción. Además, para facilitarle la experiencia, le suministrarían cierta cantidad de tranquilizantes. Le recomendaba tomarlo con calma. Las primeras 72 horas solían ser las más difíciles.

El Macetón no le dio importancia a las advertencias del doctor. Sabía perfectamente que él no era adicto y que no tendría ninguno de esos problemas que el médico vaticinaba. Si estaba en ese sitio era nada más para cumplir con el requisito impuesto por sus superiores y conservar así su empleo.

Llenar su historia clínica no le costó gran trabajo, pero la prueba psicológica era otra cosa. Casi podía adivinar lo que buscaban averiguar sobre su personalidad con cada pregunta, por lo que se estaba esmerando para elegir cada respuesta. No pensaba permitir que nadie se metiera en su cabeza.

Tal meticulosidad lo hizo tardarse más de dos horas en complementar los interminables cuestionarios, además de que leer no había sido jamás una de sus aficiones; por lo mismo, estaba pasando un rato difícil para comprender cada pregunta, hasta que hacia el final, ya agotado, comenzó a contestar cualquier cosa con tal de salir del paso, y así los entregó.

Los tres días que le llevó cumplir con el periodo de desintoxicación fueron los mejores. Como no mostraba síntomas importantes, le habían permitido pasear libremente por la clínica y los jardines, lo que hacía con ciertas reservas, porque ese lugar estaba lleno de gente rara, o cuando menos, eso era lo que él percibía. Durante ese tiempo buscó sin resultados a alguno de sus compañeros. De los ocho que cayeron con él, cuando menos uno debería estar por ahí. Pero no daba con ninguno. Necesitaba platicar con alguien que lo entendiera. Le urgía sacarse de adentro la frustración que traía desde la prueba *antidoping*. Entre todos los que la habían pasado sin problemas, había uno que había cambiado su muestra por la que él compró. Ni siquiera le había costado como a él. Eso no le parecía justo. En cuanto encontrara a ese maldito lo iba a matar sin miramientos. Por su culpa estaba metido en este embrollo. Ésa era su nueva obsesión. Tomar venganza del tramposo.

Pero el cuarto día llegó. Entonces el psicólogo a cargo de su caso habló con él. Comenzarían las terapias de grupo, y un poco más adelante, el programa de doce pasos.

—Va usted muy bien —le dijo—, no dudo que venza sus problemas de adicción y de alcoholismo. Tiene todo para ganar.

—¿Alcoholismo? —repuso intrigado el Macetón—, me dijeron que tenía que dejar la coca, eso no es problema, pero, ¿alcoholismo?

—Usted mismo lo escribió —agregó el psicólogo—, mire cuánto consume —siguió, mientras le mostraba un renglón de su expediente—. Si eso no es una adicción, entonces no sé de qué pueda tratarse. Además, en el informe previo, que usted mismo autorizó que se mandara a su escuadrón, ya está reportado.

—¿Qué yo autoricé? —repuso extrañado—, ¿pos cuándo?

—En la hoja que firmó antes de internarse en este centro, ¿qué no la leyó?

El Macetón no dijo más. Claro que no la había leído. Esa tarde no leyó nada. Nada más firmó. Si andaba que se lo cargaba la tristeza.

—Sus avances deben ser reportados periódicamente —siguió el psicólogo—, es mejor que lo tenga en cuenta desde ahora.

Triste y confundido, dejó la oficina. La vida se le desmoronaba una vez más. Ahora resultaba que ya no podría tomar. Nada más faltaba que también de eso le hicieran análisis. Si dejaba el trago, ya no tendría nada más qué hacer en el cabaret. No volvería a ver a Úrsula ni a ninguna otra de ese lugar. Ellas nada más se sentaban a fichar; sin botella no había ficha. Iba a perder lo único que en verdad disfrutaba en la vida.

Esa tarde, todavía decaído, se presentó a la primera terapia de grupo. Eran nueve los que estaban en el salón, más un coordinador, sentados todos en sillas dispuestas en círculo. Pudo adivinar que lo esperaban porque quedaba un asiento desocupado. Como llegaba ligeramente retrasado y la sesión ya había comenzado, se sentó en el sitio vacante tratando de no hacerse notar. Otro de los asistentes hablaba. Decía a los demás que estaba arrepentido por los sufrimientos que había causado a sus padres, pero que ahora comprendía que había obrado equivocadamente y que estaba dispuesto a resarcirlos. Prometía cambiar de vida. Después, volvía a los detalles de su vida de adicto sin respetar un orden aparente, saltando de anécdota en anécdota y refiriéndose a otras como si todos las conocieran.

—¿Y éste qué? —pensó el Macetón—, parece vieja hablando así, además de que parece que está bien tocado. Lo que voy a tener que aguantar aquí.

Pero la respuesta del grupo interrumpió sus pensamientos. El que hablaba había terminado y ahora todos le devolvían palabras de aprobación y de aliento, que él recibía con una sonrisa de oreja a oreja. El Macetón estaba sorprendido. Todavía trataba de comprender de qué se trataba el juego, pero no tuvo tiempo para pensar más. La voz del coordinador, dirigiéndose a él, lo hizo reaccionar.

—Tenemos un nuevo miembro en nuestro grupo —dijo—, ¿puede presentarse para que todos lo conozcamos?

El Macetón se puso rojo. Lo había agarrado por sorpresa. Se quedó impávido por un momento, nada más mirando de frente al que le había hablado, hasta que por fin reaccionó con timidez y le preguntó:

—¿Yo?

—Sí. Todos le agradeceremos que se ponga de pie y se presente. Díganos su nombre y por qué está aquí. No tenga vergüenza de hablar. Aquí no juzgamos a nadie —repuso amablemente.

Todavía cohibido ante el grupo, el Macetón se puso de pie muy despacio y pronunció su nombre a media voz:

—Ramón.

El coordinador intervino otra vez. Ésa no era la manera acostumbrada. Entonces le pidió a la muchacha a su derecha que le mostrara cómo hacerlo. Emocionada como si se hubiera sacado un premio, se paró de un salto para decir con voz clara:

—Hola, soy Eugenia y soy adicta.

Entonces todos respondieron al unísono:

—Hola, Eugenia.

—Así es como lo hacemos cada vez —siguió el coordinador—, ahora usted. Hágalo sin pena. Así le resultará más fácil integrarse al grupo.

El Macetón no terminaba de comprender. Él no acostumbraba hablar de sus cosas con nadie. Jamás había dejado que otro supiera lo que pensaba. Lo que veía ahí le parecía, más bien, un grupo de párvulos en la escuela que una reunión de adultos. Pero lo que sí entendió fue que si no lo hacía, no lo dejarían en paz. Entonces decidió hacer su mejor intento.

—Hola, soy Ramón y soy adicto —logró al fin decir con voz temblorosa.

Todo el grupo respondió tal como lo habían hecho con Eugenia un momento antes, para después premiarlo con un aplauso.

Si antes se había puesto rojo de la cara, ahora se veía casi morado, y así, profundamente apenado, se sentó para negarse a hablar una sola palabra más por el resto de la reunión.

Esa noche no pudo conciliar el sueño. Había descubierto que en ese lugar pretendían cambiarle la vida y él no estaba dispuesto a aceptarlo. Había ido porque apareció en los análisis que se había metido un pericazo de coca. Eso era algo muy distinto que tener que revelarle sus intimidades a los demás, como había escuchado a los otros del grupo hacerlo durante dos horas. Él no tenía que rendirle cuentas de nada a nadie. Nunca lo había hecho y no pretendía comenzar a hacerlo ahora. Nada más faltaba que una bola de desconocidos se supiera toda su vida. Eso jamás.

No había dado explicaciones de sus actos nunca y por ningún motivo. Para eso estaba tan grandote, para que nadie se atreviera a retarlo. Los que lo habían hecho habían terminado mal. Así había sido desde que cumplió los 18 años y terminó de crecer. En su barrio todos le temían desde entonces. Ni los de las bandas se metían con él. Nada más faltaba que ahora tuviera que darle razones a un montón de extraños que, para colmo, se comportaban muy raro.

Además, en ese lugar querían arrebatarle su único gusto: los tragos que se tomaba con sus compañeros varias veces por semana. Si bien no era siempre en el cabaret, nunca faltaba una buena cantina que les quedara de camino. Sin esos momentos no podría encontrarle razón a su vida y no estaba dispuesto a renunciar a ellos.

Cuando su mente por fin se lograba apartar de la clínica, era para volar hacia Úrsula. La obsesión que lo tenía arrebatado y que aparecía cada vez que había que rellenar algún vacío en sus pensamientos. Y de ahí saltaba al dinero del español. Con una cantidad como ésa podría cumplir todos sus sueños, si tan sólo fuera suya. Entonces recordaba que lo tenían recluido en ese lugar y regresaba al principio de su disertación, para recorrerla completa una vez más.

La mañana lo sorprendió dormitando. Apenas había logrado pegar los ojos por primera vez cuando sus compañeros de cuarto ya se ponían de pie. Él no se levantó. Nada más se quedó mirando mientras cumplían con sus rutinas de aseo matinal, para desaparecer después con rumbo al comedor.

Había pasado toda la noche pensando; cerca de las cinco de la mañana había tomado una decisión. Se puso de pie y empacó con prisa. No se quedaría en ese sitio un solo día más. No lo soportaría. Ni siquiera le había dado importancia a las posibles consecuencias. Nada más sabía que debía marcharse. Por eso tomó sus pertenencias y caminó tranquilo hasta la reja del lugar.

Una cadena gruesa aseguraba la verja de entrada, que además de ser bastante alta era resguardada por un policía. Eso no sería impedimento para alguien decidido. El Macetón le llegó por detrás al vigilante, sin que lo notara, y con su voz gruesa le ordenó:

—¡Ábreme!

El guardia pegó un brinco. Lo había sorprendido. El Macetón estaba parado a menos de medio metro de él, que era bajito y no pudo ocultar su miedo. Su primer impulso fue sonar el timbre de alarma, pero se dio cuenta de que el gigante que tenía enfrente había notado sus intenciones y se abstuvo.

El Macetón continuó:

—Tú me abres y yo no te hago nada, pero si me regresan te la voy a cobrar. Tú no avises y que se den cuenta cuando sea. Nomás les dices que por aquí no salí. ¿Estamos?

Minutos más tarde, el Macetón abordaba el microbús de regreso a casa, dejando atrás a un vigilante asustado y confundido, que rogaba al cielo porque el gigantón no volviera jamás.

Capítulo 6

Mala hora eligió el Macetón para emprender el camino de vuelta a casa. Justo cuando cientos de miles se desplazan desde las afueras hacia el centro de la ciudad. Los caminos congestionados y el transporte público a reventar le hicieron el viaje pesado. Mientras miraba con desinterés por la ventanilla del microbús, en la mente buscaba la manera de resolver su situación. Abandonar la clínica había sido un acto de desesperación, pero ahora comenzaba a comprender las consecuencias y seguía estando seguro de que no se había equivocado. Nadie tenía derecho a meterse en su vida y, menos todavía, a decirle cómo vivirla.

El Sol comenzaba a subir y la mañana estaba resultando caliente y húmeda. Había llovido la noche anterior. El Macetón estaba empapado en sudor y necesitaba darse un baño para refrescarse. Además, comenzaba a sentir hambre. Le urgía llegar a casa.

Cuando abrió, por fin, la puerta para entrar, se sentía todo pegajoso. Su camisa estaba húmeda y la cara le brillaba por la transpiración. Comenzaría por un buen regaderazo, y después, algo de desayunar.

Consuelo no se veía por ningún lado. Quizás habría salido.

—Mejor —pensó—, así no tendré que darle explicaciones hasta la tarde. A lo mejor para entonces ya tendré algo resuelto.

Subía la escalera para llegar a la recámara cuando a través de la puerta abierta notó que algo se movía. Su primera reacción fue detenerse. Podía ver cómo el cubrecama subía y bajaba. Entonces alcanzó a escuchar. De la habitación salían unos gemidos apenas audibles, pero que acompañaban a la perfección los movimientos rítmicos que hacían a la cama cimbrarse.

El Macetón lo comprendió de inmediato. Consuelo estaba con otro hombre. Desde hacía tiempo sospechaba que algo así sucedía, pero no había hecho por averiguar nada. Las miles de bromas al respecto que se echaban entre compañeros algún fundamento deberían tener, porque a pesar de que todos reían cuando las escuchaban, nadie jamás se atrevía a ahondar en el asunto. Pero ahí estaba la prueba. Había sorprendido a su mujer con el "sancho", su sancho, "el que le ayudaba en la casa", según el decir popular de los mexicanos.

Entre tantas bromas, se recomendaba no llegar de improviso a casa. Siempre había que avisar antes para evitar un encuentro como éste. Se decía a modo de chanza, pero ahora el Macetón comprendía que más le habría valido haberlo hecho. Siempre es más cómodo dejarse engañar que afrontar la realidad.

Toda su vida había pensado que si algún día llegaba a sorprender a su mujer engañándolo, herviría en cólera. Quizás hasta la mataría en ese mismo instante. Pero ahora que llegaba el momento ni siquiera podía moverse. No sabía qué hacer. No lograba decidir si deseaba verle la cara a ése que estaba con ella. Si se enteraba de quién era, tarde o temprano tomaría venganza. Su mundo estaba de cabeza. En unos cuantos días todo se había desmoronado.

Entonces reaccionó como jamás lo habría pensado. Por primera vez en su vida eligió el camino de la prudencia. Sin embargo, Consuelo debería de saber que la había sorprendido. No podía quedarse tan campante. Por eso, dejó caer estrepitosamente al suelo la maleta que todavía llevaba en la mano derecha. El sonido los interrumpiría. Pero para cuando su mujer se asomara, él ya no estaría ahí. Sólo su equipaje. Así, cuando menos se aseguraría de que cuando regresara más tarde estuviera sola, porque el sancho habría huido despavorido, quizá para no regresar jamás.

Y así sucedió. Cuando su esposa salió apresurada para averiguar qué había producido ese sonido, nada más alcanzó a ver la puerta de la entrada cerrándose. Su marido se había marchado.

Con el peso de sus desgracias oprimiéndole el pecho, el Macetón no supo qué hacer ni a dónde ir. Comenzó a caminar sin rumbo ni destino. Ya no sentía hambre, ni calor ni miedo. Sólo adelantaba un pie al otro para avanzar. Por más que le daba vueltas en la cabeza, no lograba acomodar en su realidad la escena que acababa de presenciar. Era como si le hubiera sucedido a otro. Como si lo hubiese visto en una película, aunque entendía que se trataba de su propia vida. Y no era que le sorprendiera el engaño. Hacía tiempo que no tenía relaciones con su mujer. Además, había visto a su madre hacer algo parecido cuando él apenas tenía diez años. Por eso su padre los abandonó. Lo que molestaba era que no lograba acomodar los hechos en su esquema de vida. Su casa era la base en la que se sentía protegido. La justificación que se daba cada vez que cometía algún atropello para ganarse algunos pesos; el refugio en el que no entraban los remordimientos. Llegar por la noche borraba las memorias del día cada vez. Ver a su familia le ayudaba a expiar sus pecados para sentirse limpio al día siguiente. El bienestar de los suyos era una excusa más que suficiente para los malestares que causaba a tantos otros.

Sus pasos lo llevaron, sin haberlo pensado mucho, hasta la puerta de la oficina del Comandante. Sabía que tenía que hablar con él. Quizá podría negociar que lo reinstalaran. Después de meditarlo un rato había encontrado algo qué ofrecer a cambio de haber abandonado el centro de rehabilitación. Si se comprometía a efectuarse un *antidoping* tan seguido como se lo pidieran, podría demostrar que estaba limpio. Estaba dispuesto a hacerlo tan frecuentemente como una vez cada semana. Hasta lo pagaría de su bolsillo. Lo que fuera, a cambio de recuperar su salario y su posición.

En esos términos habló con el jefe, en privado y de hombre a hombre. Le explicó que en realidad no era un adicto. Que lo de aquel día había sido una mera casualidad. Había sido su cumpleaños y se excedió de tragos sin darse cuenta. Él debería comprenderlo. Pero no podía soportar la clínica. Eso estaba más allá de sus fuerzas. Además, necesitaba recuperar su salario tan pronto como fuera posible. Tenía una familia qué mantener.

Pero el comandante no parecía pensar de la misma manera. A él le importaba más el prestigio de la corporación que la situación de un solo agente; estaba convencido de que todos deberían apegarse a pie juntillas a los lineamientos dictados desde arriba. Si se había comprometido a rehabilitarse, estaba obligado a respetar su palabra. Sin embargo, le dijo que presentaría su propuesta a los superiores. No estaba en él desecharla.

Le pidió que volviera por la tarde, después de la comida. Ese día comería con su jefe y le plantearía su situación. Lo único que le podía asegurar era que le respondería cuanto antes. Lo demás no estaba en sus manos.

El Macetón salió de la oficina con el ánimo mejorado. Ahora, cuando menos tenía alguna esperanza de reincorporarse pronto al servicio y de volver a ser quien había sido durante los últimos quince años. Pero no lograba sentirse bien del todo. El asunto de Consuelo dominaba sus pensamientos y no lograba decidir cómo debería comportarse cuando volviera a casa. Por lo pronto, no pensaba hacerlo. Mejor iría a buscar al Negro, su pareja y hombre de toda su confianza. A pesar de ser un tipo introvertido, ahora necesitaba hablar con alguien.

Cuando lo encontró, comía en la fonda que acostumbraban cuando les tocaba guardia. Por suerte estaba solo, así sería más fácil. El Negro lo saludó sorprendido:

—¿Y ahora? ¿Cuándo te soltaron?

—Ni me digas —respondió secamente el Macetón—, que traigo una de broncas. Invítame a comer; ya casi no me queda lana.

Ya sentado y haciendo un gran esfuerzo por sacarse las palabras, comenzó con el relato. Le contó todo por lo que había pasado esos últimos cinco días sin omitir detalle. Cómo había tenido que dejarle su esclava a su mujer para que la empeñara y cómo ella le había exigido más sin la menor consideración. Él debería saber ya lo de la Mágnum, porque seguramente que no habría tardado en pedirle ayuda para venderla.

Después le relató cómo lo habían tachado de alcohólico en la clínica. Ésa había sido la causa para escaparse. Sólo su pareja lo comprendería. Él estaría de acuerdo en que ninguno de los dos era adicto al alcohol. Si nada más eran dados a celebrar, que era cosa muy diferente.

Pero luego llegó lo peor. Eso que un hombre no puede perdonar tan fácilmente. Que su mujer metiera a otro en la misma cama en la que dormía con él. Podía comprender que de repente Consuelo echara una cana al aire o que se buscara una aventura por ahí. Si ya no se llevaban bien cuando se trataba de sexo. Pero que lo hubiera hecho en su propia casa, eso era lo que más le dolía. ¿Qué habría pasado si en lugar de ser él quien la descubrió es mañana hubiera sido uno de sus hijos? ¿Qué les iba a decir? Sabía muy bien lo que se sentía, porque él había encontrado a su propia madre en las mismas circunstancias. Después de eso su padre los abandonó para no volver a aparecerse jamás por la casa. Eso no era lo que deseaba para los suyos. A esos dos chamacos sí que los quería, aunque nunca se los hubiera demostrado y fuera poco o casi nada lo que convivía con ellos.

Luego le contó lo que había hablado con el Comandante. Que le había propuesto que lo aceptaran de vuelta, aunque fuera condicionado a que se hiciera análisis cada vez que ellos se lo pidieran. Y que el jefe le había respondido que lo iba a consultar para darle una respuesta definitiva esa tarde. Ésa era su mayor esperanza en este momento. Que le respondieran que sí. Que le devolvieran el empleo. Ahora lo necesitaba más que nunca. No se sentía con ganas de pasar tiempo en casa. No como estaban las cosas con su mujer.

El Negro lo escuchó sin interrumpir. Después de todo, era un buen amigo el que le abría su alma en ese momento, y al final le dijo que podría contar con él para lo que fuera. ¿Qué más podía hacer?

Entonces el Macetón recordó que le habían cambiado la muestra del *antidoping*. Él había jugado bien sus cartas, comprándole su orina limpia a alguien. Hasta la había pagado cara. Pero algún vivo se había aprovechado de él y la había cambiado por la suya en el último minuto. Ése que lo había hecho era el causante de todo lo que le pasaba ahora. Necesitaba que el Negro estuviera atento para averiguar quién había sido, porque para él, el asunto todavía no estaba concluido.

Cumpliendo fielmente con su obligación de amigo, el Negro llevó un poco más tarde al Macetón de vuelta con el Comandante. Nada más lo dejó ahí y se regresó pues todavía estaba de servicio.

El jefe lo vio parado afuera de su oficina a través de los cristales, pero aun así lo hizo aguardar. Por lo visto no tenía mucha prisa por hablar con él. El Macetón se acomodó en una silla. Estaba sucio y olía mal. La barba comenzaba a notársele y la cara le brillaba. El baño que había omitido por la mañana comenzaba a volverse urgente y se sentía incómodo, pero aun así esperó con disciplina.

Casi una hora después el Comandante lo hizo pasar. Lo invitó a sentarse y de inmediato comenzó:

—Me tardé en recibirte porque estaba esperando una llamada para ver qué se podía hacer —le dijo—. Desafortunadamente, sólo conseguí una cosa. Lo que me propusiste no va. Dicen que si te lo conceden a ti, entonces otros lo van a pedir y esto se convertiría en un circo. Pero logré algo. Si regresas a la clínica mañana mismo para iniciar con el tratamiento desde cero, puedo hacer que pase inadvertida tu salida. Créelo, es bastante para como están las cosas. Hubo alguien por ahí que quería darte de baja por deserción, aunque lo paramos. Por lo pronto, todo sigue igual. Tu suspensión está en efecto, y por lo que a mí respecta, sólo desperdiciaste cinco días de tu vida.

—¿Entonces no hay modo? —repuso triste el Macetón.

—No. Las normas son muy claras y hay que cumplirlas. Si como me lo dices, no tienes problemas de adicción, te debe resultar muy sencillo.

—¿Y qué hay de que me cambien de clínica? —se le ocurrió entonces preguntar—, por aquello del alcoholismo. Así arranco de cero, como usted dice, y me cuido de que no me lo saquen de nuevo.

—Me temo que no. Eso tampoco va. Pero no debería ser problema. Con lo del trago basta con que te aguantes un tiempo. Un año o algo así. Luego lo agarras con calma otra vez y ya. No se ve tan difícil.

Pero el Macetón no estaba dispuesto a renunciar a su única satisfacción en la vida. Por lo visto, el Comandante no lo entendía. Tomar era algo más que una afición. Era el motivo de su existencia. La sola actividad que le regalaba un rato de sosiego, además de un requisito casi indispensable en sus pretensiones de conseguir a Úrsula, que para como estaban las cosas en su casa, cada vez se volvía una presencia más importante en su vida.

Entonces se le ocurrió que podría jugar la carta de la infidelidad de su mujer. Decirle al jefe que tenía que permanecer afuera para vigilarla, pero desechó la idea de inmediato. Esas cosas no se pueden andar contando. Si lo soltaba ahora se iba a convertir en la burla de todos. Mejor se lo guardó.

—Entonces, ¿no hay de otra? —dijo para terminar.

—No —fue la respuesta contundente—, pero te presentas mañana en la clínica, ¿o no?

—Eso creo. Gracias, Comandante.

—Ándale, Ramón. Ya no lo pienses tanto. Cinco semanas se pasan volando. Buena suerte.

Cabizbajo y meditabundo, el Macetón dejó el edificio para irse a casa. No tenía otro lugar a dónde llegar, aunque tampoco tenía ganas de encontrar a Consuelo. Sabía que le costaría mucho trabajo controlarse cuando la volviera a encarar, aunque tendría que hacerlo tarde o temprano.

Así, llegó un poco más tarde a casa. Desde afuera todo se veía normal, pero sabía bien que no se trataba más que de la calma que suele preceder al temporal. Adentro lo esperaba la realidad.

Abrió la puerta sin pensarlo dos veces. Ahí estaban todos. Consuelo, que se había puesto de pie de un salto en cuanto escuchó la llave girar, y sus dos hijos. Ramoncito, de doce años. Rodrigo, de diez. Igual que él tenía cuando pasó por lo mismo. Se encontraban parados frente a su madre sin entender por qué. Ella los usaba como escudo, temerosa de la actitud violenta de su marido.

El Macetón entró y se quedó parado en silencio, nada más contemplando la escena. Los niños no se atrevían a hablar. Podían adivinar que algo no andaba bien aunque no sabían qué. Consuelo lo miraba aterrada y sin parpadear, con los ojos casi desorbitados, tratando de adivinar qué seguiría. No se atrevía a moverse.

La orden firme del padre puso en movimiento a los pequeños:

—A su cuarto —fue todo lo que tuvo que decir. Ellos salieron corriendo y se encerraron.

Entonces Consuelo se adelantó y armándose de valor, le dijo:

—Tenemos que hablar.

Demasiado se había contenido el Macetón como para soportar todavía que ella tratara de tomar el control. No le respondió. Caminó los dos pasos que todavía los separaban, y levantando mucho la mano derecha, descargó una cachetada sobre la mejilla de su mujer. Ella rodó por el suelo. De su labio inferior brotaba sangre, que después de salpicar la pared comenzó a correr formando un hilo. Ahora su rostro se encontraba enrojecido y se cubría con las manos adivinando que recibiría un nuevo golpe, pero éste nunca llegó.

—¡Eres una puta! —le dijo indignado—. No te mato porque eres la madre de mis hijos, pero a la próxima no sé.

En eso acabó todo. Él se dirigió a la recámara dejándola allí, tirada en el suelo y sollozando.

Nunca antes la había golpeado. Jamás y por ningún motivo. Sin embargo, ahora se le ocurría que eso era lo que le había hecho falta toda su vida. Un poco de mano dura. Entonces andaría derechita en lugar de pasársela tratando de verle la cara. Él era el hombre de la casa y el que los mantenía a todos. Nada más por eso le debían respeto y obediencia, y en eso no estaba dispuesto a ceder.

Capítulo 7

*S*entado en la cocina, el Macetón sorbía despacio su taza con café. Había dormido bien, mejor de lo que habría esperado, pero se le habían abierto los ojos a eso de las seis y no había podido pegarlos de nuevo.

Consuelo había pasado la noche en el cuarto de los niños. Apenas la había vuelto a ver desde que la dejó tirada en el piso y con la boca sangrando. Nada más alcanzó a atisbar su rostro amoratado cuando regresó de dejar a sus hijos en la escuela y se fue derecho a encerrarse en la recámara. No habían cruzado palabra.

Casi eran las diez y todavía trataba de convencerse de regresar al centro de rehabilitación. Sabía que ese día era su última oportunidad para recuperar el empleo. Si no se presentaba en la clínica, tendría que encontrar otro modo de ganarse la vida. Pero algo le decía que no tenía caso volver a ese encierro. No soportaría las cinco semanas. Lo sabía demasiado bien.

Sentía que la vida lo había tratado injustamente. ¿Cómo era posible que alguien como el español tuviera tanto dinero mientras él vivía al día a pesar de trabajar tan largas horas? Ni siquiera tenía un auto propio. Había dependido de la patrulla como carro personal desde hacía tiempo. En cambio, aquél andaba en un Mercedes. ¡Si apenas llevaba cuatro años en el país! ¿Cómo había juntado tanta lana?

Su futuro incierto lo tenía atormentado. Ya nada sería lo mismo. Ni su trabajo, ni su casa, ni los amigos. A éstos ya difícilmente los vería.

Entonces buscó los documentos que tenía guardados. Los que sacaron del Mercedes aquella noche y que ahora reposaban en el mismo cajón que las pistolas. Fue a la recámara y los tomó, junto con una nueve milímetros. Se sentía incómodo desarmado. Además, todavía conservaba el gafete de la corporación. Eso lo autorizaba a portar armas.

Regresó a la cocina y anotó sobre una servilleta la dirección de la fábrica del español. Quizá sería buena idea asomarse por ahí para ver cómo estaba el movi-

miento. No tenía nada mejor que hacer y comenzaba a sentirse ahogado en su casa. Se respiraba un ambiente tan tenso en ese lugar que lo hacía sentir incómodo.

Un rato después, el Macetón caminaba por la acera de enfrente de la fábrica de plásticos. Era fácil adivinar que se trataba de una operación de buen tamaño, porque además de las dimensiones amplias del lugar, se notaba gran movimiento. Los camiones esperaban afuera, unos para cargar y otros para entregar; las oficinas en el segundo nivel lucían bien arregladas. Con razón había tanto dinero en esa cuenta de banco.

Quedarse parado ahí, nada más mirando, no habría sido una buena idea. El español podría reconocerlo, además de que alguno de los vigilantes podría percibir su presencia sospechosa y presentarse para interrogarlo. Por eso se conformó con pasar por enfrente, como cualquier otro transeúnte, mientras trataba de absorber cuanto le resultaba posible de lo que observaba.

Se siguió de largo hasta toparse con una fonda, unos metros más allá. Ése sería un buen punto de observación, por lo que entró y se acomodó en una mesa cerca de la puerta, desde donde se podía dominar el edificio. Apenas eran las doce y la comida no estaba aún lista. Tanto mejor. Eso le daría el pretexto para permanecer ahí un buen rato. Pidió un café y dijo que esperaría hasta que pudieran servirle.

Dos horas estuvo sin levantarse. A eso de las dos, la reja de la planta se abrió una vez más. Esta vez para franquearle el paso al Mercedes, que salió rodando despacio. Los ojos del Macetón se clavaron sobre el auto plateado, que tras el volante dejaba ver el rostro del español.

El auto avanzó lento hasta la esquina y dobló a la derecha. El policía se puso en pie de un salto y caminó apresurado hasta el crucero. Quería ver cuánto más se seguiría por esa calle estrecha.

Tal como lo había supuesto, avanzó otras dos cuadras y dobló a la derecha. Ahí se le perdió de vista, pero eso no tenía importancia. Era la manera más corta de salir a Zaragoza, la misma avenida en la que lo detuvieron la semana anterior. Por lo visto, acostumbraba salir a esa hora para ir a comer.

Había visto suficiente. Regresó a la fonda y pagó la cuenta; de ahí se fue a buscar al Negro. Trataba de elaborar un plan para arrebatarle al español algo más que los tres mil pesos que con tanta facilidad le sacaron la primera vez.

Encontró a su pareja tratando de matar el tiempo, sentado y aburrido en su casa porque le tocaba rotar guardias toda la semana. Veinticuatro por cuarenta y ocho, como lo marca la costumbre; ese día, después de levantarse, no tenía gran cosa qué hacer. Por eso le dio gusto recibir la visita del Macetón.

—¿Qué? ¿Ya te arreglaste? —fue el saludo.

—No, pareja —respondió—, pero traigo una idea que te quiero platicar.

Miró una vez más por toda la casa para asegurarse de que estaban solos y después le mostró los papeles que él mismo había sacado de la guantera del Mercedes.

—Revísate esto —le dijo el Macetón—, y me dices qué se te ocurre.

Paseó la vista por los documentos, uno tras otro. No le había dado ninguna clave sobre lo que debería buscar, pero no tardó en descubrir lo mismo que su compañero había notado unos días antes. El español estaba cargado.

Entonces el Macetón comenzó con el relato de lo que había descubierto en las últimas horas. En esa empresa trabajaban cuando menos unas 150 personas. La nómina debería estar buena, aunque lo más probable era que pagaran con depósitos bancarios. Ya casi todas las compañías lo hacían así. Tampoco se notaba que hubiera mucho efectivo en el interior porque no parecía que le vendieran al público de manera directa. Todo salía en camiones. Sin embargo, había mucho dinero. Nada más había que encontrar el modo de llegar a él.

En la cara del Negro se comenzaba a dibujar una sonrisa. La oportunidad llegaba sin haberla siquiera buscado, como deben presentarse las cosas cuando están predestinadas a salir bien.

—Me imagino que el español no trae escolta, ¿o sí?, porque le pegamos fácil el otro día.

—Anda solito —respondió el Macetón—, como si no le hubiera pasado nunca nada.

El Negro veía a la cara a su pareja sin hablar, nada más sonriendo enigmáticamente. Como si ya lo tuviera todo resuelto, pero quisiera desesperar al Macetón.

—¿Entonces? ¿En qué piensas?

—Que llega como caído del cielo —respondió el Negro—, pero mejor nos vemos más tarde para ver si se puede. Como a las siete. Necesito hablar antes con alguien. ¿En la cantina de siempre?

—Pero invitas —alegó el Macetón—, que ya sabes que ando sin lana todavía.

—No te apures, si esto sale bien te va a sobrar. Nada más llévate tú los papeles. No vaya a ser que alguien los vea por aquí.

No en balde el Negro era el cerebro. Apenas había visto de qué se trataba y ya sabía cómo. Aunque el Macetón sospechaba por dónde iba el plan de su compañero, entendía que lo necesitaría para ejecutarlo. Él siempre veía más adelante. Por eso le salían bien las cosas.

El Macetón llegó puntual a la cita. No tenía otra cosa qué hacer que matar el tiempo; cuando no hay dinero eso se puede volver muy aburrido. Por eso llegó casi adelantado, aunque sabía que el Negro se iba a retrasar.

El mesero lo reconoció de inmediato e hizo la pregunta habitual:

—¿Su botella de siempre?

Otro día la respuesta habría sido afirmativa, pero ahora no podía correr el riesgo de quedarse atorado con la cuenta si el Negro no se aparecía.

—Mejor tráeme un Don Pedro puesto —respondió prudentemente. Para eso sí le alcanzaba lo que llevaba en la cartera.

Un minuto después el mesero ponía un vaso alto sobre la mesa, que contenía tres hielos gruesos y una medida de brandy. A un lado dejó una botella pequeña de refresco de cola y otra de agua mineral. Puesto. Tal como lo acostumbraba y al mejor estilo de las cantinas mexicanas, para que lo mezclara a su gusto.

Al poco rato se apareció el Negro, pero no llegaba solo. Lo acompañaba alguien más. Otro de los suyos, sin duda, porque era fácil notarlo para quien estaba acostumbrado a medir a las personas de un simple vistazo, tal como lo estaba él.

—Mira, es el Caguamo, un compañero de la unidad antisecuestros —se lo presentó—, estuve hablando con él y mejor quiso venir.

Se sentaron y ahora sí pidieron la botella completa, aunque prefirieron esperar hasta que el mesero se retirara para entrar en el tema.

—Hace unos días, cuando no estabas, el Caguamo y yo nos encontramos ahí en la guardia. Él sabe cómo hacerle para ejecutar un trabajo limpio. Por eso lo invité. Pero mejor que él mismo te lo explique.

El Negro le había contado que tenían un trabajo bien escogido por realizar. Debía haber buen dinero en él. Pero como no lo habían hecho nunca antes, prefirieron buscar consejo. Al trabajar en la unidad antisecuestros, él debería saber cosas que ellos no. Necesitaban de su experiencia.

El Caguamo entró en materia sin rodeos:

—¿De cuánto es la jugada? —preguntó para comenzar.

—No estoy seguro —respondió el Macetón—, pero yo creo que como de un kilo.

—Está buena, pero, ¿están seguros de que los tiene para pagar rápido? —arguyó el Caguamo.

—Sí tiene —intervino el Negro—, ya lo vimos.

—Bueno, de entrada son doscientos para acá —siguió el especialista—, y yo me encargo de que no les caigan, pero tiene que ser algo rápido. Cuando se alargan mucho las cosas aumentan las presiones, luego no se sabe qué pueda pasar. Por eso hay que estar seguros de que van a pagar rápido.

—¿Pero doscientos? —alegó el Negro—, ¿qué no es mucho?

—Yo también tengo que repartir, ya sabes que en esto uno nunca va solo. Hay que dar para arriba, como siempre. Además, así pueden estar seguros de que no van a tener problemas. Si los que los vamos a buscar somos nosotros. Nada más que lo sueltan rápido, así no quedamos mal los de la unidad.

El Negro y el Macetón intercambiaban miradas en silencio. Parecían decirse que sí. Contar con protección desde adentro garantizaría un buen resultado.

—Va —decidió el Negro por los dos.

En ese momento, con esa corta y solitaria palabra de aprobación, la suerte de José Francisco, el de Murcia, quedaba echada.

El Caguamo apuró el contenido de su vaso y se despidió, no sin antes recordarles que deberían avisarle el mismo día que fueran a hacer el trabajo. Así estaría pendiente del reporte y vería la manera de allegarse la investigación.

—Bueno, Negro —dijo el Macetón en cuanto quedaron solos—, nada más falta planear cómo hacerlo.

—Yo lo tengo bien claro —respondió sin dudar—, pero necesitamos a uno más que nos eche la mano, pero sólo uno, porque mientras menos seamos, mejor.

—Había pensado en el Pitufo, ¿cómo lo ves?

—Me late —respondió el Negro—. Ése es entrón y de buena ley, pero, ¿cuánto le toca?

—Con cien que le demos, yo creo, pero primero hay que hablar con él. A lo mejor lo arreglamos con menos.

—Necesitamos un lugar para guardar al español. Yo ya había pensado en uno. A ver qué te parece.

—¿Cuál? —preguntó el Macetón.

—¿Te acuerdas de esa casa que aseguramos hace como tres meses? ¿La de Iztapalapa? —disparó el Negro.

—¿La de los diez kilos de coca?

—Ésa mera —afirmó el Negro con una sonrisa—, pues mira.

De su bolsillo derecho sacó una argolla de la que pendían dos llaves. Las traía consigo desde entonces; la casa seguía sellada por la procuraduría. Nadie se atrevería a entrar o a salir si no pertenecía a la corporación, aunque el Negro se había hecho del lugar desde el principio para su uso personal y era el único que lo visitaba.

—De eso no me habías contado nada —repuso el Macetón a modo de reclamación.

—Pero ahora te lo estoy diciendo. Es mi departamento de soltero. Ya lo he usado varias veces y sin problemas.

Al Macetón no le gustó que su pareja le hubiera ocultado una cosa como ésa por tanto tiempo. Así no debería ser. Pero decidió no hablar más del tema. Si contaban con ese lugar ahora que lo necesitarían, podía pasar por alto la omisión del Negro, aunque descubrir esa falta a la ética de equipo le dejaba mal sabor de boca. Si le había mantenido eso en secreto, ¿qué más podría traerse guardado?

Capítulo 8

*L*unes a mediodía, apenas cuatro días después de haber fragua-
do el plan, todo sucedía sin contratiempos.

El Pitufo no tuvo que pensarlo mucho para aceptar. Cien mil pesos por un
trabajo rápido es una oportunidad que no se da cualquier día; no era mucho lo
que le tocaría hacer. Lo más complicado había sido conseguir los vehículos, que
obtuvo prestados de sus contactos. Dos autos que fueron robados el fin de semana y que volverían a sus nuevos dueños para ser deshuesados esa misma tarde, desapareciendo para siempre del panorama. ¿Y quién mejor que un policía
para conducir un auto robado por las calles? Lo peor que podría sucederle sería
que fuera sorprendido por algún compañero de la división de robos, entonces
le explicaría que lo había recuperado y se disponía a entregarlo. Hasta podría pasar que cobrara alguna recompensa de la compañía aseguradora si el caso llegara a darse.

Estacionados a unas cuantas cuadras de la fábrica, conversaban tranquilos el
Negro, el Macetón y el Pitufo. No entrarían en acción sino hasta cerca de las
dos, cuando el español saliera de su trabajo para ir a comer. Mientras tanto, ma-
taban el tiempo a una distancia prudente del lugar. Acostumbrados a pasar largas horas en espera, parecían no sufrir la menor aprensión por lo que estaban a
punto de hacer. Sólo conversaban sobre cualquier trivialidad, mientras fumaban
un cigarrillo tras otro.

El Macetón miró su reloj por enésima vez. Cuarto para las dos. Por fin llegaba la hora de ponerse en movimiento. Subió en uno de los autos y tomó el volante, el Pitufo haría el viaje con él. El otro carro lo llevaría el Negro.

Pasaron frente a la fábrica del español sin siquiera voltear. Doblaron a la derecha en la misma calle angosta y tapizada de vehículos estacionados por la que
su víctima daba vuelta cada vez que salía. Avanzaron hasta la siguiente cuadra y
el Macetón estacionó en el primer lugar disponible. El Negro siguió casi hasta

el final y metió el carro de frente en la rampa de acceso de un garaje. La trampa estaba dispuesta, lo que seguía era nada más esperar a que el Mercedes apareciera.

Apenas unos doce minutos más tarde se dejó ver el auto plateado, que avanzaba sin prisa entre las dos hileras de coches estacionados. El momento había llegado.

El Negro retrocedió el auto como si lo sacara de la cochera, suave y sin precipitarse, y lo detuvo en medio de la vía justo en el momento en el que el Mercedes estaba por llegar. El español paró unos cuantos metros detrás, como quien espera a que el conductor de adelante termine con su maniobra. El Macetón ya venía siguiéndolo. Se había puesto en movimiento en cuanto lo vio pasar y no detuvo la marcha sino hasta que estuvo tan cerca que parecía que iban a topar.

El Pitufo se bajó de un salto dejando la puerta abierta. Llevaba una pistola en una mano y las esposas en la otra. Así caminó hasta la ventanilla del español. Bastó con amagarlo para que se entregara. José Francisco no lo esperaba y no opuso resistencia. Bajó la ventanilla y no hizo por defenderse. Pensó que le robaban el auto. Sabía que eso podría sucederle algún día y tenía decidido que lo entregaría cuando el momento llegara. Un coche no vale por la vida.

Por eso tardó en reaccionar cuando el Pitufo le dijo que abriera la cajuela. Él pensaba bajarse y dejarlo marcharse con el coche. Pero eso no era lo que le ordenaba. Quería que abriera el portaequipajes de una vez. Lo siguiente que pensó es que lo confundían con alguien que llevaba algo valioso en el auto, entonces obedeció sin chistar.

El Pitufo lo lanzó al interior de un empujón y le puso las esposas antes de que siquiera cayera en cuenta de que lo estaban secuestrando. Cuando por fin entendió lo que pasaba, ya tenía las manos inmovilizadas y veía de reojo la tapa de la cajuela bajar sobre su cabeza. Entonces todo se volvió oscuridad. Ahí estaba, tirado de bruces, con las manos detrás y sin saber qué sería de él. De repente el auto arrancó, lanzándolo hacia atrás con violencia. El golpe le dolió, por lo que mejor se acomodó para evitar pegarse otra vez. No le quedaba más que esperar y rezar; eso fue lo que comenzó a hacer. Encomendar su destino a Dios y a la Macarena.

Asestado el golpe, la prudencia dictaba que deberían separarse de inmediato, pero antes tenían que reorganizarse. Manejaron unos minutos hasta llegar a un lugar apartado, lejos de cualquier mirada indiscreta, y se detuvieron. El Macetón tomó el volante del Mercedes. Debería buscar algún lugar seguro para estacionarlo hasta que se hiciera de noche; mientras tanto, el Negro y el Pitufo llevarían los otros dos carros al lugar en el que los habían obtenido y los devolverían. Luego se reunirían otra vez, ya con el auto del Negro, para transbordar al pasajero de la cajuela. Si pensaban mantenerlo en la casa de Iztapalapa, lo más conveniente sería que llegaran hasta ahí en ese vehículo que los vecinos ya se habían acostumbrado a ver, en lugar del aparatoso auto del español. Eso podría atraer miradas indeseadas.

El Macetón tomó el volante del Mercedes y condujo casi una hora, para llegar a Perisur. En un elegante centro comercial a nadie le extrañaría ver parado un auto de lujo. Ahí había muchos más como ése. Lo ocultaría exhibiéndolo entre sus similares, la mejor manera de pasar inadvertido. Además, podría permanecer ahí hasta tarde, cuando menos las nueve de la noche, porque pretendían llegar a la casa de Iztapalapa cuando ya hubiera poca gente en la calle.

Todo parecía marchar a la perfección. El español ni siquiera hacía ruido. Permanecía dócil en la cajuela, como si temiera que le causaran daño si intentaba atraer la atención. Se había rendido a la voluntad de sus captores sin pelear, tal como sucede las más de las veces.

Cansado por el largo rato que llevaba sentado tras el volante, el Macetón decidió bajarse. Las piernas se le estaban envarando. Caminó hasta le entrada del centro comercial y permaneció allí, a una distancia prudente pero que le dejaba ver el auto. Si por alguna casualidad alguien descubría el paquete que llevaba en la cajuela, se encontraría en una posición desde la que podría emprender la huida sin hacerse notar. Después de todo, la única cara que el español sería capaz de reconocer era la del Pitufo. Ni a él ni a su pareja los había visto cuando lo interceptaron.

Las horas pasarían despacio a partir de ese momento. En el interior de la cajuela, José Francisco comenzaba a deshidratarse. Ese día, el Sol pegaba con fuerza; a pesar de que el auto reflejaba buena parte de las radiaciones que recibía, la temperatura en el interior lo hacía sentir como si se encontrara en un baño turco. Por momentos creía que perdería la conciencia, aunque luchaba por permanecer lúcido. Para colmo, el aire se volvía irrespirable en el interior. Además de que había tenido que orinar así como estaba, más tarde sufrió un acceso de diarrea que no fue capaz de contener. Para cuando anocheció, era presa de un ataque de escalofríos y ya no comprendía lo que sucedía.

Cuando la tapa de la cajuela se abrió, después de muchas horas de soportar el incómodo confinamiento, el golpe de aire fresco sobre su cuerpo empapado lo hizo erizarse. La poca luz que un farol arrojó directo sobre sus ojos no le permitió distinguir quiénes eran los que estaban ahí, aunque la voz que escuchó le sonó familiar:

—Este desgraciado apesta —se le escapó al Macetón, al tiempo que lo levantaba por el cinturón para cambiarlo de auto.

Entonces sintió cómo le vendaban los ojos. Las piernas le temblaban y parecía que no podría permanecer en pie, pero no se cayó. Las manos fuertes del Macetón lo tenían bien sujeto y él era de complexión ligera. Cuando fue levantado en vilo, para después aterrizar en la cajuela del destartalado Stratus del Negro, no pudo hacer otra cosa que dejarse llevar. Apenas una probada de aire fresco y estaba encerrado otra vez, aunque ahora sentía que recobraba la lucidez. Tenía la boca seca y ni siquiera le había dado tiempo de pedir de beber. Se dio cuenta de que ya no aguantaría mucho. Estaba a punto de desvanecerse.

El trago de agua que mojó sus labios lo hizo despertar. Seguramente se había desmayado, porque no recordaba nada desde que lo cambiaron de auto; sin embargo, ahora estaba tirado sobre una cama. Sus ojos seguían vendados y sus manos esposadas, pero alguien lo sostenía por la nuca mientras trataba de hacerlo beber. Un súbito ataque de tos lo hizo escupir el líquido que tanta falta le hacía. Sintió que se ahogaba; sin embargo, hizo por beber de nueva cuenta y pidió más cuando el vaso del que le daban se vació. Sus captores consintieron. Necesitaban que se recuperara para obtener alguna información.

El plan que se habían trazado los secuestradores implicaba solicitar el rescate al tío. Ese mismo que lo había hecho venir de España para manejarle el negocio. Sería él quien pudiera echar mano del dinero en la cuenta. Buscar a la familia directa de su víctima no tenía sentido. Sólo complicaría las cosas.

Por fin lograron sacarle un número telefónico para conectarse con el tío. El Negro haría la llamada desde el celular de la víctima. El Pitufo ya no estaba con ellos. Se había llevado el Mercedes al mismo lugar en el que consiguió los autos para la operación un poco más temprano. Le darían algunos pesos por él, y si todo salía bien, no quedaría rastro alguno del vehículo para cuando el trabajo estuviera terminado. Había cumplido con su parte.

La voz que le contestó al Negro era de una mujer. Al principio sonaba tranquila, pero exigía que la persona que llamaba se identificara. Entonces le ordenó:

—Con el señor Felipe Cos. Tenemos a José Francisco. Si lo quiere de vuelta, pásemelo ya.

Unos segundos después, la voz de un hombre entrado en años respondía a la llamada del Negro. No fue mucho lo que se dijo. Apenas lo indispensable:

—Queremos un millón. Téngalo listo para mañana. Si llama a la policía o no lo junta, no volverá a ver a José Francisco. Lo estamos vigilando. Si vemos que pide ayuda ni siquiera le vamos a hablar otra vez. ¿Entendido?

Don Felipe no tuvo tiempo para responder. Menos todavía para tratar de averiguar algo o negociar el rescate. Apenas terminado el mensaje del secuestrador, la comunicación se interrumpió. Mientras que el Negro le decía al Macetón "ya estuvo" con tono triunfal, el anciano en el otro extremo de la línea se había quedado mudo, intentando acabar de comprender lo que sucedía.

—¿Entonces? —preguntó el Macetón al Negro.

—Como quedamos —repuso—, tú lo cuidas de aquí al miércoles porque yo entro de guardia mañana. Hay que darle de comer, no se vaya a torcer.

—Pos tráeme con qué, de paso para mí también, porque nos saltamos la comida y ya tengo hambre.

El Negro abandonó la casa para ir a conseguir los víveres. El Macetón se quedaría a cargo de la guardia. Entró en la recámara para revisar a su víctima y lo sorprendió tratando de destaparse los ojos. Tallaba la cara contra el colchón casi con desesperación y la venda se había movido. Entonces, el único ojo que había logrado dejar expuesto hizo contacto con los de su captor. El Macetón había sido reconocido. Ahora José Francisco comprendía por qué esa voz le había sonado tan familiar. Era el mismo policía que lo detuvo apenas dos semanas antes. De pronto, todo comenzaba a tener sentido.

Pero el Macetón reaccionó violento. No le gustó saberse reconocido. Entonces jaló los cordones de una cortina y lo ató de pies y manos a las patas de la cama, al tiempo que comenzaba a hablarle:

—¿Conque ya me viste, eh? Pos yo también a ti. Tú sabes si te la juegas. Nosotros nada más queremos dinero, pero si me das problemas, te trueno. Así de fácil. Y te llevo a tirar por ahi, a ver cuándo te encuentran.

Apenas lo hubo atado, lo amordazó. No quería estar pendiente de él toda la noche. Además, cada vez olía peor. Había vuelto a orinarse y no tardaría mucho en descargar el estómago otra vez.

—Apestas —le dijo a modo de despedida—. Ojalá que paguen rápido, porque no te voy a aguantar mucho tiempo.

Cerró la puerta detrás de él y se fue a sentar en otro lugar. Le urgía que el Negro volviera. Comenzaba a sentir mucha hambre y eso lo ponía de peor humor.

Una hora más tarde su pareja apareció. Llevaba un par de bolsas de plástico con lo que había comprado, que le entregó al Macetón. Éste las revisó casi molesto. Todo lo que traía eran productos embolsados, más dos botellas de refresco de dos litros y otras dos de agua.

—Es para ti y para aquél —le dijo—, yo ya comí. Pasé a los tacos.

El Macetón le respondió gruñendo:

—Pos me hubieras traído también a mí, éstas son puras porquerías.

—Pero así es más fácil. Hay que darle al español, no ha comido en todo el día.

—Dale tú —repuso ya muy molesto—. Ten cuidado, ya me reconoció.

El Negro entró en la habitación y enderezó a la víctima sin desatarla. Nada más le quitó la mordaza para empinarle una botella de agua y retacarle en la boca los dos panes que sacó de una bolsita, lo amordazó otra vez sin haberle dado el tiempo necesario para pasarse el bocado.

—Ya cenó —dijo con tono triunfal cuando regresó del cuarto—. Yo me voy, pero vengo mañana a la hora de la comida. Me salgo de la guardia para hacerle la llamada al tío de éste y me regreso otra vez a trabajar.

—Pero tráeme algo bueno de comer —se quejó el Macetón—. Unas tortas, de perdida. Esto que me dejaste es pura basura. Déjame tus cigarros, que ya no tengo.

Apenas se quedó solo, encendió un cigarrillo y dejó volar sus pensamientos. Un millón era buen dinero. Después de repartirle doscientos al Caguamo y cien al Pitufo, quedarían todavía setecientos. Trescientos cincuenta para cada uno. Estaba bien. Alcanzaría por un tiempo. Ya podía verse entrando al cabaret con los bolsillos repletos para llevarse a Úrsula. Con esa cantidad seguro que no se le acabaría la lana para la hora de la salida. Llevaría unos diez mil por si las dudas. Además, necesitaría comprarse un carro. Ya daba por perdido su empleo y no contaría más con la patrulla. Pero no un cachivache como el del Negro. Mejor uno nuevo. Uno del año, aunque no fuera muy lujoso, para no acabarse la lana en eso.

Luego estaba su mujer. A ésa ya no le pensaba dar tanto como antes. Había abusado de él. Pero debería cuidar de sus hijos todavía. Ellos no tenían la culpa de que su madre hubiera resultado una puta. Todas son iguales; nada más voltea uno la cara y ya andan viendo dónde y con quién. Por eso le gustaba tanto Úrsula. Con ella no había malentendidos. Uno sabía a qué atenerse.

Después de un rato se puso de pie y se dirigió a la recámara para ver cómo estaba el español. Abrió la puerta y se le quedó mirando. Parecía estar dormido, aunque era difícil adivinar, porque estaba vendado de los ojos. A lo mejor nada más estaba fingiendo. Seguramente era un hijo de puta como todos. Un hijo de puta que ya lo había reconocido. Hasta ese momento, eso era lo único que no estaba bien. Por más que lo amenazara, nunca estaría seguro de que no lo denunciaría cuando todo hubiera pasado. Así es la gente. Cuando se siente atorada promete lo que sea, pero cuando le vuelve la seguridad, entonces no duda para romper su palabra. Ése era un riesgo que no estaba dispuesto a correr. ¿Qué caso tenía todo lo que estaban haciendo si al final les caían? Sale lo mismo secuestrar que matar. Una vez que uno cae, es para toda la vida. Las dos son cosas graves. Pero ni el Negro ni el Pitufo estarían de acuerdo con lo que estaba pensando. No iban a querer deshacerse de él. Para ellos no tendría caso. ¡Claro! Como no eran ellos a los que había reconocido. Al Pitufo, aunque lo había visto, no sabría en dónde encontrarlo. Pero si él cayera, probablemente tendría que denunciarlos y eso va contra toda ética.

Lo mejor sería ni siquiera consultarlo. En cuanto tuvieran el dinero del rescate en su poder él mismo se encargaría de asesinarlo. Lo haría de manera rápida y discreta. Ni sus cómplices se enterarían de cómo lo había hecho ni en qué momento. Nada más que recibieran el rescate lo ahogaría con la almohada. Una vez muerto ya no habría nada que discutir. Hasta tendrían que ayudarle a deshacerse del cuerpo, después no lo volverían a mencionar. Pobre español, pero, ¿quién le había mandado andar de mirón?

Capítulo 9

Martes por la mañana. En casa de don Felipe Cos reinaba la agitación. El anciano había pasado la noche en vela. Después de recibir la llamada del Negro no había sabido qué hacer. Lo primero que se le ocurrió fue cumplir al pie de la letra con las instrucciones de los secuestradores. Podía juntar el millón que le pedían sin muchos problemas, era un hombre adinerado. Sin embargo, había tenido que avisarle a la esposa de José Francisco.

Ella era una mujer de carácter fuerte que no pensaba del mismo modo que él. Aunque dependía por completo del tío para pagar, era de la idea de involucrar de inmediato a las autoridades. Había escuchado comentar que se resolvían gran cantidad de casos como ése sin tener siquiera que cubrir el rescate, mientras que en otros muchos, la víctima era sacrificada a pesar de haber pagado. Esta última posibilidad era la que la tenía angustiada. Si perdía a su hombre, su vida y la de sus críos cambiarían para siempre.

Habían pasado argumentando en pro y en contra casi una hora sin lograr ponerse de acuerdo. Entonces, Verónica propuso algo más. Entre su círculo social se contaba la esposa del Embajador de España. Se conocían bien y conversaban cuando se encontraban en el club, cosa que sucedía con frecuencia. Incluso había participado en algunos eventos de beneficencia organizados por ella. Quizá sería buena idea ponerla al tanto de lo que ocurría. Después de todo, su marido era un ciudadano español, cuya presencia en el país estaba registrada en la embajada.

Don Felipe tuvo que ceder ante la determinación de su sobrina política. A fin de cuentas, el desenlace de la situación afectaría más su vida que la de él. Dejarla tomar la decisión era lo justo. Ella no tuvo que pensarlo más. Echó mano de su agenda telefónica y marcó el número de la residencia de los Embajadores. Cuando repicó la campana de la línea privada, fue su amiga quien respondió y no hubo de pasar mucho tiempo para que se desencadenara una abrumadora reacción.

Apenas colgó con Verónica, la mujer del Embajador comunicó lo que sucedía a su marido. Él no lo dudó. Buscó de inmediato al secretario de Relaciones Exteriores, quien a su vez no tuvo empacho en llamar en el acto al Procurador General de la República y de ahí al Procurador del Distrito Federal. Cuando las órdenes llegan de tan arriba, todo el mundo corre, y ése fue el caso.

Para las dos de la mañana, la calle en la que vivía don Felipe se encontraba tapizada de automóviles. Las fuerzas policiacas habían otorgado máxima prioridad al caso, como si el secuestrado fuera el mismo embajador de España y no uno de los cientos de ciudadanos comunes que suelen sufrir la misma suerte.

Entre tantos que se presentaron llegó el Caguamo y lo que encontró no le gustó. Tanto revuelo no era cosa buena. Auguraba un desenlace sin recompensas. Por lo visto, se habían metido en donde no debían; aunque él tenía la solución del caso en la mano, debería actuar con suma prudencia. Un solo paso en falso y caería junto con los demás, mientras que si lo manejaba con astucia, podría salir triunfante del enredo. Por suerte, no había comentado todavía con nadie el acuerdo que tenía con el Negro, así podría resolver el asunto en su momento y sin presiones. No debía precipitarse. Por eso estaba atento a lo que sucedía como ningún otro.

Para cuando amaneció, las fuerzas de la ley habían tomado la casa de don Felipe. Aún permanecían en ese lugar más de una veintena de personas, entre los agentes de la Procuraduría y los especialistas de la Agencia Federal de Investigaciones, que fueron convocados con urgencia para rastrear la siguiente llamada de los secuestradores.

El Caguamo usó todas sus habilidades para conseguir que lo asignaran a la investigación. No sería el único ni estaría al mando, pero al participar se abría las puertas para resolver el caso más adelante, porque ahora estaba convencido de que eso no podría terminar bien.

Cuando salió de la casa de don Felipe, iba acompañado por otros tres. Les habían asignado investigar en la oficina de José Francisco y en los alrededores de la planta de plásticos. Era trabajo para muchas horas, por lo que el Caguamo sagazmente los manipuló para separarse. Ellos entrevistarían al personal mientras él seguiría la ruta del Mercedes para averiguar si alguien había notado algo el día anterior. Con eso se ganaba la oportunidad de quedar a solas para hacer lo que sabía que tenía que hacer. Buscar al Negro, que estaría de guardia.

Totalmente ajeno al revuelo que el trabajo del día anterior había suscitado, el Negro se sorprendió cuando el Caguamo llegó para hablar con él, pero aun así lo saludó cordialmente:

—¿Qué pues, mi Caguamito?

En lugar de responderle, el Caguamo se siguió de frente. Nada más le hizo una seña discreta para que lo buscara en el exterior. Al Negro no le gustó eso. Algo andaba mal. Por eso se apresuró a encontrarlo.

—¿De dónde sacaron a ese español? —comenzó el Caguamo casi molesto.

—¿Cómo que de dónde? —repuso el Negro—, pos de donde salen todos. Se nos apareció y ya.

—Ya se armó un desmadre —le informó secamente el Caguamo—, resulta que es amigo del embajador de España y ahora tenemos encima a todo el mundo. Lo van a tener que soltar, y rápido.

—¿Por qué? —reaccionó indignado el Negro—, si para eso te estamos dando tanto. Mejor convéncelos de que paguen rápido. Para eso estás.

—No entiendes. Hasta la AFI llegó luego luego, y el jefe le está reportando directo al Procurador, que está por atraerse la investigación. Si no lo sueltan pronto, los van a pescar; si eso pasa, yo ni los conozco.

—¿De plano? ¿Así de grave está la cosa? —dijo el Negro ya con cierto aire de preocupación.

—Así está, no se te vaya a ocurrir volver a llamar de ese teléfono celular. Ni siquiera lo vayas a prender. Ya se metieron los de rastreo y te van a pescar a la primera. Mejor rómpelo para que nadie más lo pueda usar.

Ahora, el Negro comenzaba a verse preocupado. Estaban teniendo mala suerte. El trabajo había parecido ser algo muy sencillo cuando lo planearon, pero no estaba resultando así. Entonces respondió:

—Está bueno, yo veo cómo arreglarlo de aquí a mañana. Nada más aguántame hasta entonces.

—No vayas a volver a llamar por ningún motivo —fue la advertencia que recibió a modo de despedida, y después de eso, el Caguamo se marchó, dejándolo sumido en cavilaciones.

Todos sabían que la Agencia Federal de Investigaciones no se involucraba a la primera si el caso no era de su competencia directa. Si en verdad habían llegado tan pronto, entonces el Caguamo debía tener razón. El trabajo se había complicado y ya no valía la pena seguir adelante. Por suerte, no le había dicho en dónde tenían al español, así no podrían llegar por sí mismos. Pero ésa era un arma de dos filos. Si aumentaba la presión iría directo sobre él y lo más probable era que tuviera que soltarle toda la información. No lograba decidir qué hacer. Por suerte, ya era su hora de comida. En lugar de ir con el Macetón y llevarle el alimento del día, buscaría al Pitufo. Tenía que ponerlo al tanto de lo que pasaba.

Al poco rato los dos policías conversaban. Comprender que debían zafarse de la situación no les costó ningún trabajo; sin embargo, encontrar el mecanismo que les permitiera salir limpios no parecía ser cosa tan sencilla. El Pitufo era el único que había dado la cara durante el secuestro, aunque era probable que el español no lograra reconocerlo si lo veía otra vez. Su rostro había estado detrás de una pistola todo el tiempo, que además de ocultarlo, distraía la atención de quien lo mirara. El Macetón era un caso distinto, aunque era su responsabilidad que lo hubiera identificado. Se había descuidado y ya no tendría remedio. Si soltaban a la víctima, tarde o temprano darían con él. Sólo sería cuestión de tiempo. En eso estaban de acuerdo.

En todo caso, ahora cada quién trataba de resolver la propia situación, por eso el Negro lo había buscado. Tenía que deshacerse del Stratus, el mejor camino sería devolverlo al mismo sitio del que lo obtuvo unos meses atrás. El mismo proveedor que les había facilitado los carros para el secuestro, que era amigo del Pitufo. Total, el auto era robado. Bastaría con reingresarlo al sitio del que lo había sacado y dejarlo ahí para ser desmantelado, y quizás hasta recuperaría una parte de lo que pagó por él. Unos dos mil pesos cuando menos, porque le había costado cuatro mil.

En la casa de Iztapalapa, el Macetón comenzaba a desesperarse. El Negro ya tenía que haber llegado. Estaba hambriento y aburrido. En ese lugar no había otra cosa qué hacer, fuera de vigilar al español, que parecía estar aletargado y casi no se movía. Por ratos tomaba su celular pensando que le hablaría, pero luego cambiaba de opinión. Apenas le quedaba el crédito necesario para hacer un par de llamadas, por lo que no quería desperdiciarlas. Ni siquiera lo tenía encendido para no agotar la batería; no lograba decidir si ponerlo en servicio o no. Quizá su pareja trataría de buscarlo, y con el aparato apagado no podría comunicarse. No le quedaba más que esperar. Debía confiar en su compañero.

Pero el Negro no tenía la menor intención de aparecerse por ahí. No hasta haber conversado otra vez con el Caguamo. Comenzaba a esbozar un plan para salirse del problema y dejar limpios a todos. La suerte del Macetón ya estaba echada, lo único que podría salvarlo sería la muerte del español. Pero eso tendrían que hacerlo fuera de la casa de Iztapalapa, y ahora ya ni siquiera contaba con su auto. Tendría que conseguirse otro. Sabía bien cómo obtenerlo, pero no podría proceder hasta contar con la anuencia de su contacto en la unidad antisecuestros, y a él no sabía cómo encontrarlo. Estaba haciendo trabajo de campo y llamarlo por el celular no sería una opción inteligente. En esos aparatos los números se quedan guardados. En un asunto tan caliente no se podían correr tales riesgos.

Cerca de las diez de la noche el Caguamo se le volvió a aparecer en la guardia. Era lo que el Negro había estado esperando pues quería exponerle sus planes. Apenas encontraron un lugar apartado para conversar, comenzó:

—Estuve pensando —le dijo al Caguamo—, ¿qué pasa si lo quebramos?

—¿Al español? —preguntó a modo de respuesta.

—¿Si no a quién? —repuso extrañado—, claro que al español. Es el que causa el problema, ¿o no?

—No —respondió.

—¿Por qué no? —insistió el Negro.

El Caguamo tardó en contestar. Él también tenía un plan, aunque por lo visto no iba por el mismo lado. Tardó en proseguir, como si tratara de encontrar las mejores palabras para convencerlo.

—Ese español está pesado. Tenemos que devolverlo entero.

Sabía que si él resolvía el asunto, ganaría buenos puntos. Quizá hasta un ascenso. No quería desperdiciar la oportunidad.

—¿A quién ha visto el español? —siguió tras una pausa.

—El Pitufo lo apañó, pero creo que no lo reconoce. No se dejó ver. Al que ya reconoció es al Macetón, y como lo había visto antes, seguro que sabe quién es.

—Pos entonces ya estuvo —repuso sin demora—. El Macetón es el problema. Lo vamos a tener que quebrar cuando hagamos el operativo de rescate.

—¿Cómo que quebrar? —alegó el Negro—, si es compañero.

—Míralo de este modo —le explicó—. El que nos metió en esto fue él. El que llegó con la idea y decidió a quién. Nosotros nada más lo estamos ayudando, pero no nos vamos a arriesgar si se equivocó; además, ya se dejó ver. Lo van a agarrar. Ya lo sabes. Si cae él, caemos nosotros. Por otra parte, si despachamos al español se va a armar un alboroto todavía peor, nunca falta quien suelte algo. Por ejemplo, ¿de dónde sacaste los carros para el trabajo?

El Negro se quedó pensativo. En eso tenía razón. A la larga, siempre aparece alguien que suelte algo. Sobre todo, si le caen por otra cosa y se asusta. En cambio, si el español aparecía pronto y a salvo, el asunto caería en el olvido. Sobre todo si el único responsable ya no podía hablar. Aunque no le gustaba la idea del todo, quizá sacrificar al Macetón fuera la mejor opción.

—¿Entonces qué propones? —soltó el Negro tras la pausa.

—Nada más me dices en dónde lo tienen y ya —repuso el Caguamo—. Yo me encargo de todo y tú no tienes ni qué aparecerte. El Macetón va a caer durante el operativo. Yo me encargo de eso. Así de fácil. Como todavía trae gafete, podemos alegar que él no fue, sino que le dieron los secuestradores y luego huyeron. Hasta le va a tocar pensión a su viuda.

Poco a poco la reticencia del Negro iba disminuyendo. El Caguamo tenía razón. Todo había sido idea del Macetón. No sólo lo del secuestro. Incluso cuando lo detuvieron aquella noche en Zaragoza lo hizo sin consultarle. Era su culpa que ahora estuvieran todos en problemas. Lo que pudo haber sido un trabajo fácil y rápido, ahora era la prioridad de la unidad antisecuestros. Todo porque no averiguó bien. Si alguien debía pagar, era él. Ni modo. Así eran las cosas.

—Va —aceptó finalmente el Negro—, pero te digo dónde lo tenemos hasta mañana. Primero lo quiero ver por última vez, ¿sabes?, hemos sido pareja por dos años.

El ataque sentimental del Negro estaba fuera de contexto, pero el Caguamo tenía que ceder en algo si esperaba que las cosas salieran como a él le convenía. En lugar de replicar, consintió.

—¿En dónde te veo mañana para que me pases el dato?

—Búscame en mi casa después de las dos. Mañana descanso.

El Negro se había ganado unas cuantas horas para pensarlo, aunque ahora ya no encontraba otro lugar para dónde hacerse. Lo más conveniente para todos sería jugar el juego del Caguamo, aunque sacrificar al Macetón era una idea que no terminaba de agradarle. Lo había dejado solo y en ayunas todo el día. Lo que pensaba hacer, en cuanto terminara su turno, era comprarle esa torta que le había pedido. Le llevaría su último alimento antes de que cayera. Era lo menos que podía hacer. Además de que necesitaba plantarle las llaves de la casa de Iztapalapa, desde luego. Así parecería que el lugar siempre había estado bajo su control.

iércoles, apenas después de las nueve, el Negro salía de su guardia. Se había retrasado el cambio de turno como casi siempre, aunque no tanto como otras veces. Había pasado largas horas dándole vueltas a la situación en su cabeza, pero lo único que había logrado era cambiar de opinión una vez tras otra, sin llegar a convencerse de qué hacer.

Sacrificar al Macetón cada vez le parecía la mejor opción, y poco a poco iba dominando la carga emocional que conllevaba sentenciar a muerte a su pareja. El Caguamo tenía razón. Había sido él quien había cometido los errores.

Ahora, trataba afanosamente de convencerse de que nada más había participado en el secuestro por ayudarlo, aunque muy en el fondo sabía que eso no era cierto. La verdad era que quien había propuesto secuestrar al español había sido él mismo, y también quien había conseguido la protección de la Unidad Antisecuestros. Por eso se habían aventurado con ese trabajo. Sin embargo, parecía que mentirse a sí mismo le estaba funcionando. Mientras más se repetía que la culpa no era suya, más comenzaba a creerlo.

Lo que resultó de tanto esfuerzo mental fue que finalmente decidió ya no ir a buscar al Macetón a la casa de Iztapalapa. Había pasado largas horas jugando con las dos llaves que pendían de la argolla. En cierto modo, simbolizaban su capacidad para decidir el desenlace de la situación, y el mensaje que le daban era claro. Debería haberle dejado ese llavero a su pareja. Sin él, no podría siquiera aventurarse a salir de su encierro, porque no sería capaz de volver a entrar. Sin embargo, en medio de tantas cosas había olvidado hacerlo, condenándolo por ese simple hecho a permanecer confinado junto con la víctima. Cuando la Unidad Antisecuestros lanzara el operativo, lo encontrarían ahí, sentado y desprevenido. Liquidarlo no sería mayor problema. Un hecho tan simple como haber conservado las llaves ahora le decía que la fatalidad había decidido por él lo que debería de hacer. La suerte le había dictado que no regresara a la casa, ya que su compañero pagaría por los errores de los dos con la vida.

Sólo faltaba cumplir con un detalle más para que su decisión se volviera definitiva. La aprobación del Pitufo. De ese modo compartirían la culpa y quedaría sellado su pacto de silencio, aunque debería venderle la idea de manera tan sutil que creyera que se le había ocurrido a él mismo. Así, siempre podría echarle en cara que había condenado al Macetón por iniciativa propia.

Sin importarle sacrificar la última comida de su pareja en aras de granjearse un cómplice en la decisión, se marchó en busca del Pitufo. Estaría en su casa, porque llevaban el mismo rol de turnos; si todavía no había llegado, lo esperaría. Ya no contaba con el Stratus como para andar yendo y viniendo de balde.

En efecto, tuvo que aguardar un buen rato para que el policía se apareciera. La salida de los turnos nunca resultaba predecible, porque cada uno se comportaba como si fuera una agencia de la Procuraduría independiente de las otras. Como quienes tienen asuntos pendientes pueden desahogarlos un día sí y dos no, sin importar qué día de la semana sea, a veces se cargaba el trabajo por las mañanas, justo cuando casi daba la hora de terminar.

Al Pitufo no le sorprendió que el Negro estuviera esperándolo frente a su casa. En cierto modo lo intuía, por eso venía bien preparado. Se había quedado a cargo de cerrar el asunto de la entrega del Stratus a su contacto y le traía algún dinero. No los dos mil quinientos pesos que había logrado negociar, pero sí mil quinientos aunque no le confesaría que había separado una comisión para sí. Es obvio que nadie regatea para beneficiar a terceros; había obtenido una cantidad razonable a cambio de un auto que estaba "caliente".

—¿Qué onda, Negrito? —lo saludó jovial desde la ventanilla de su auto— ¿ya vienes por tu lana?

Nada más lejos de los pensamientos del Negro que ese dinero. Bajo las circunstancias actuales, habría entregado el auto a cambio de nada con tal de que desapareciera de inmediato y sin dejar huella. Sin embargo, descubrir que le caería una cantidad con la que no contaba le alegró el momento y justificó su presencia en ese sitio. Así sería más sencillo hacer parecer que el asunto del Macetón aparecía de modo circunstancial.

—¿Hay alguien en tu casa? —respondió al saludo.

—¿Cómo quieres que sepa, si apenas vengo llegando? —repuso divertido—, pero pásale.

—Mejor hablamos en otra parte, aunque sea en tu coche.

Resguardados en el auto del Pitufo podrían conversar con libertad, lejos de cualquier oído inadvertido.

—¿Cómo salió la lana? —inició el Negro.

—Saliste rayado —le contestó, al tiempo que le entregaba el rollo de billetes que llevaba preparado—. Uno y medio fue lo que se pudo.

—Está bueno —repuso mientras recibía el dinero—, pero lo que me preocupa es que no me quito de encima al Caguamo. Ya me fue a ver tres veces —exageró.

—¿Y eso? —preguntó extrañado.

—Que tiene que aparecer el español hoy mismo o si no va a soltar la sopa, yo ya no sé qué hacer. Con esto de que reconoció al Macetón, no lo podemos dejar ir. Se me hace que vamos a tener que quebrarnos al Caguamo para que se calle.

—¿Pero por qué al Caguamo? —intervino—. Ya sabes que cuando le dan a uno de la Unidad, se ponen cabrones. Igual y hay otro que sepa y nos encuentran a la primera.

—En eso tienes razón —contestó el Negro—, pero si no hacemos algo nos van a caer a nosotros también.

El Pitufo se quedó pensativo por unos momentos, y el Negro no lo interrumpió. Intuía que estaba a punto de soltar justamente lo que él esperaba, y no se equivocó.

—Mira —habló por fin—, esto te va a sonar de la fregada, pero se me hace que al que tenemos que darle mate es al Macetón. Es al que van a pescar si sueltan al español, y el único que puede meternos en problemas. Perdóname que te lo diga nada más así, porque yo sé que es tu pareja, pero no veo otra. ¿O tú sí?

El Negro se tardó en responder. No debía aparentar estar de acuerdo con tanta facilidad. Buscaba algún argumento para defender al Macetón, pero con el que no pudiera ganar la discusión. Entonces optó por lo más sencillo.

—Mi pareja es de buena ley. De los que no hablan. Si le caen se la aguanta. De veras. Yo lo conozco bien.

—Pero todos acaban por soltarla tarde o temprano —repuso el Pitufo, más convencido ahora que antes—. Tiene que ser eso: el Macetón se la lleva y ya. Todos tranquilos.

Entonces el Negro decidió probarlo y le disparó una nueva pregunta:

—¿Y lo vas a hacer tú? Porque es mi pareja, yo no puedo.

El Pitufo se quedó pensativo. A él tampoco se le antojaba ser la mano ejecutora, aunque estaba convencido de que tenía que hacerse. Entonces, respondió:

—Dile al Caguamo que se encargue. Que se lo lleve en la acción y ya. Se supone que ni siquiera lo conoce. ¿Cómo iba a adivinar que es compañero?

—¿Entonces estás seguro? —insistió el Negro, ya con ganas de terminar.

—No veo otra —sentenció con voz grave—. Es él, o todos.

—Voy a ver qué puedo arreglar —soltó con tono apesadumbrado—. Por lo pronto voy a buscar al Caguamo, que como anda bien ocupado, va a estar difícil encontrarlo. Si él está también de acuerdo, lo vamos a tener que hacer así. Ni modo.

El Pitufo observó al Negro bajarse y caminar sin prisa hasta la esquina. En las manos tenía otro rollo de billetes. Los mil pesos que había sacado de la venta del Stratus y que ahora recontaba con satisfacción. No cabía la menor duda: él era el más listo de todos.

Mientras el Negro avanzaba despacio hacia la parada del microbús, se esforzaba por mantenerse encorvado. Debía aparentar que se sentía apesadumbrado. El Pitufo estaría observándolo. Con esa escena remataba su actuación y reforzaba el concepto de que no había sido él quien había decidido sacrificar al Macetón, aunque en realidad se sentía aliviado por haber logrado su cometido. Dentro de algunas horas, todos se encontrarían libres de la carga de ese secuestro fallido. No en balde él era el más listo de todos.

Cuando llegó a su casa, el Negro comenzaba a sentirse somnoliento. Llevaba casi 48 horas de pie; aunque estaba acostumbrado a ese tren de vida, impuesto por las condiciones de su trabajo, ahora el largo periodo de vigilia parecía estar a punto de vencerlo. Todavía faltaba una hora para que llegara el Caguamo. Se daría un baño para reanimarse y ayudar de ese modo al tiempo a correr.

Pasó un buen rato bajo el chorro de la ducha. El agua caliente corriendo por su espalda ayudaba a aliviar el dolor que había comenzado a sentir cuando venía en camino. No se había dado cuenta de lo tenso que había estado sino hasta que se relajó, justamente después de hablar con el Pitufo. Lo más difícil estaba hecho. Tomar la decisión. Lo demás se iría dando por sí solo. Bastaría con esperar la llegada del Caguamo y darle las instrucciones para llegar a la casa de Iztapalapa. Ya ni siquiera pensaba mucho en el Macetón. En ese momento le daba lo mismo que llevara un año muerto o que apenas fuera a caer. El asunto ya no estaba en sus manos.

Cerca de las dos salió de la ducha. Por suerte, el Caguamo no tardaría en llegar, porque le urgía meterse en la cama para dormir. Pero en cuanto se escuchó abrirse la puerta del baño, su esposa se presentó. Tenía un recado que darle antes de que se encerrara en la recámara para descansar, como acostumbraba hacerlo siempre que regresaba de sus largas jornadas. Ramón había llamado. Ella le decía por su primer nombre, porque no le gustaban los apodos. Le urgía que se comunicara con él. Su celular estaba abierto pero le quedaba poca batería, por lo que esperaba que lo buscara en cuanto terminara de bañarse. Tuvo que agregar que se escuchaba muy molesto, cosa que le había llamado la atención.

Eso era lo que menos había esperado. Que el Macetón, a quien ya daba por acabado, le recordara que todavía andaba ahí, en el mundo de los vivos. Eso era una molestia de por sí, además de que lo ponía a pensar otra vez. Bastaría con que le dijera que se alejara de ese lugar. Que no tardarían en caerle. Que abandonara al español como estuviera, o mejor aún, que lo soltara. Pero que huyera de inmediato. Que le avisara que iban tras él y que pensaban tomar su vida. Era su pareja. Habían pasado por muchas juntos. Y más de una vez le había cubierto las espaldas.

Entonces se enojó. Ya había logrado transar consigo mismo. Le había llevado largas horas de meditación decidir que lo entregaría. Pero de repente, resultaba que todavía estaba ahí y que dependía de él. Que reclamaba su presencia porque estaba pasando un mal rato; sin embargo, él estaba a punto de entregarlo. Eso no era justo. El Macetón estaba muerto y punto. No tenía la menor intención de hablar con él por última vez. Para colmo, su recado le había espantado el sueño. Ahora no podría ni siquiera dormirse. Eso era mala suerte.

La llegada del Caguamo interrumpió sus pensamientos. Se presentaba puntual a la cita. Por lo visto, era lo más importante que tenía que hacer ese día. ¿Y cómo no? Resolver el caso por su cuenta era primordial. Por un lado, estaba el crédito que recibiría, pero lo más importante aún: necesitaba llegar antes que nadie para deshacerse del Macetón. El único que se atrevería a hablar en su contra.

El Negro condujo al visitante hasta la recámara y cerró la puerta. Su mujer andaba rondando por ahí y no quería que se enterara de lo que tramaban. Apenas quedaron a solas, el Negro comenzó hablando con la voz tan baja como pudo:

—¿Todo sigue igual?

—Estamos en lo que quedamos —contestó el Caguamo.

—¿Entonces tú te encargas de despacharlo? —insistió sin lograr ocultar del todo su nerviosismo.

—Ya te lo dije. Yo entro por delante y me encargo. Para cuando entren los de atrás, ya todo va a estar hecho.

—¿Traes con qué apuntar?

El Negro le dictó las instrucciones para encontrar el sitio con lujo de detalle. La zona era un tanto complicada y haría falta localizar algunos puntos de referencia para llegar, además de que la casa no tenía número exterior, por lo que también describió la fachada tan precisamente como pudo. Por ahí había demasiadas construcciones parecidas y no menos calles con la misma pinta. Si erraban la dirección, el operativo fracasaría.

—¿Como a qué hora crees que lleguen por ahí? —preguntó por último el Negro.

—En lo que llego con la información, hablo con el jefe y estudiamos bien la zona y el procedimiento, no creo que estemos antes de las ocho de la noche. Esto hay que prepararlo bien.

No les llevó ni diez minutos intercambiar la información. Si las cosas sucedían según lo que el Caguamo decía, al Macetón le quedarían, a lo sumo, seis horas en este mundo.

El Negro se metió en la cama y trató de dormir, pero había perdido el sueño. La llamada de su pareja y la llegada del Caguamo lo tenían otra vez tenso. Calculaba que le quedarían seis horas para alertar a su compañero. Todavía había remedio. Pero ello implicaría que ése que apenas había partido regresara, esta vez para ir directamente sobre él. Eso no estaba dispuesto a sufrirlo. Si ya tenía todo solucionado, ¿qué necesidad había de volverse a complicar?

Pasaron otras dos horas y el Negro no lograba pegar los ojos. Quería dormirse para evadir la realidad. Si lograba conciliar el sueño, todo estaría solucionado para cuando despertara, pero el descanso no llegaba. En lugar de eso, seguía pensando. No podía sacarse al Macetón de la cabeza. Entonces tomó su celular y marcó el número de su pareja. Lo dejó repicar una vez y otra, pero cuando iba a sonar por tercera cortó la llamada. ¿Estaba loco o qué? Si ya todo se había puesto en marcha. No tenía sentido hacer eso. No había nada que ganar y sí mucho que perder. Se molestó consigo mismo. No podía darse el lujo de ser débil en ese momento. No con tanto en juego.

Botó el teléfono sobre el buró y se metió de nuevo bajo las cobijas. Entonces sucedió lo que era de esperarse. La carátula de su celular se iluminó y el aparato comenzó primero a vibrar y después a sonar. Podía leerse claramente la palabra Macetón en las letras grises iluminadas por luz verdosa. ¡Maldito identificador de llamadas! Tenía que tomar una decisión, pero no se atrevía. El condenado aparato seguía sonando. No supo por qué, pero lo levantó y oprimió el botón verde.

—¿Negro? —preguntó una voz entre molesta y aliviada.

—¿Macetón? —respondió, tratando de ganarse unos segundos para pensar.

—¿Por qué no has venido? ¿Pasa algo?

—No, pareja. Es que…

Hasta allí llegó la conversación. El aparato del Macetón se apagó. Tenía la batería agotada tras haber esperado inútilmente la llamada del Negro durante tantas horas. Si pretendía hablar con él, tendría que acudir en persona, pero eso atentaba contra la lógica y el sentido común. A esta hora ya tendrían dispuesto algún tipo de operativo de vigilancia en los alrededores de la casa, además de que habrían mandado a alguien a explorar la zona. Acercarse sería demasiado peligroso. El destino de Ramón Márquez había quedado sellado.

Capítulo 11

Miércoles por la tarde, casi oscureciendo, y en la casa de Iztapalapa el Macetón caminaba desesperado en círculos. No había comido desde la noche anterior; ahora, tanto él como su prisionero bebían agua del grifo. El Negro no había alcanzado a decirle nada durante la brevísima llamada de unas horas antes, aunque, si todo marchaba según lo planeado, esperaba que en cualquier momento le avisaran que ya habían cobrado el rescate y que podría liberar al español. Eso era todo lo que deseaba oír.

El trabajo había sido concebido como algo para hacerse con agilidad. Hasta habrían considerado aceptar alguna rebaja en el monto del rescate con tal de no tener que retener demasiado tiempo a la víctima. Si en verdad iban a pagar, eso ya debería haber sucedido. La ausencia del Negro era mala señal. A lo mejor ya se había escapado con todo el dinero. ¿Habría estado en su casa cuando lo llamó? Era probable, porque no había escuchado ruido de fondo. Entonces todo debería estar bien. Pero si todo estaba bien, ¿entonces por qué no había ido por ahí todavía? ¿Acaso lo estaban siguiendo? Si lo estaban vigilando era porque algo había salido mal. Pero si algo fuera por mal camino, entonces ya se lo deberían haber hecho saber.

El Macetón estaba a punto de perder la razón. Las horas pasaban y nada parecía suceder, excepto que a cada momento resultaban más creíbles las versiones pesimistas y menos las optimistas de las explicaciones que él solo se daba. El maldito Negro seguía sin aparecerse por ahí para aclararle las cosas.

Desesperado, abrió la puerta del cuarto en el que tenía al español. Llevaba poco más de una hora sin asomarse por ahí, desde la última vez que le dio de beber.

José Francisco seguía atado y amordazado, tirado sobre el colchón, que acumulaba sus desechos con el paso de las horas. No lo había puesto de pie desde su llegada, dos días atrás, y poco había variado de posición.

Lo miró por unos instantes y entonces percibió algo. Un ligero movimiento. Parecía sufrir un ataque de hipo, porque convulsionaba ligeramente de tanto en tanto y de su garganta alcanzaba brotar un gemido casi imperceptible. Algo le pasaba, pero era difícil adivinar qué. La habitación olía peor y ya resultaba desagradable permanecer en el interior, pero aún así, el Macetón se quedó observándolo. Ya había visto antes a algún prisionero ponerse de esa manera y la cosa no había terminado bien; aunque sabía que tendría que tomar su vida cuando todo terminara, por lo pronto lo necesitaba en buen estado.

Se le acercó y arrancó la venda que cubría sus ojos. Había visto hacer lo mismo aquella otra vez. Alguien le había dicho que primero revisara las pupilas. Si reaccionaban a la luz la situación tenía remedio todavía. Pero los ojos del español estaban cerrados y no hizo por abrirlos. Tuvo que levantarle un párpado para probar.

Expuesto abruptamente, el ojo del español se movió de un lado al otro, como si tratara de evitar el dolor que le provocaba ser herido por la luz después de dos días de oscuridad. Eso era bueno. Entonces el Macetón le habló. Le ordenó que lo viera a los ojos. Pero el prisionero no parecía darse por enterado de lo que le pedía.

Quizá no soportaba el brillo de la habitación. Entonces le quitó la mordaza y le ordenó que respondiera, pero en lugar de emitir alguna palabra comenzó a convulsionarse con mayor fuerza de lo que lo había hecho hasta entonces; los gemidos que acompañaban cada salto comenzaron a volverse más intensos.

El Macetón se quedó pensativo. Algo debería hacer, pero no daba con qué. Por lo pronto lo desató. Quizá moviéndolo, reanimando sus miembros entumidos y devolviendo la sangre a cada rincón de su cuerpo. A lo mejor eso lo haría sentirse vivo otra vez.

Retiró todas las ataduras y lo sentó, pero no lograba sostenerse. En cuanto le quitaba las manos de encima se iba de lado, la cabeza le colgaba hacia adelante y sus ojos seguían cerrados. Entonces le trajo un trago de agua y lo obligó a pasárselo, pero el líquido volvió en una explosión al exterior, impulsado por un ataque de tos. Nada parecía estar funcionando. Si el español no salía de ese trance, pronto estaría muerto. Al Macetón se le agotaban los recursos.

Lo único que le quedaba por hacer era encontrar a alguien que supiera más que él sobre ese asunto, pero estaba incomunicado. El Negro seguía sin aparecer; por lo mismo, no podía abandonar la casa. Metió la mano en el bolsillo del pantalón y sacó lo que traía. Todavía le quedaban unos pesos. Los volvió a guardar y salió de la habitación. Para colmo, sufría un nuevo ataque de hambre. Eso lo hizo decidirse.

Caminó hasta la entrada y entornó la puerta. La noche había caído y la calle estaba oscura. No se veía a nadie pasando por ahí. Era el momento ideal. Regresó al interior para buscar con qué atorar la chapa. Si lograba dejar la puerta emparejada pero sin bloquearse, podría salir para buscar algún remedio y entrar cuando regresara. Por fin encontró un pedazo de cartón, que acomodó en la cerradura.

El aire fresco de la noche lo hizo sentirse mejor. Llevaba dos días encerrado y sin nada qué hacer. Volver a pisar la calle le resultaba reanimante. Buscaría una farmacia. Ahí le recomendarían algo que pudiera ayudar al español; por el camino, conseguiría qué comer. Aunque fueran más panecillos embolsados como esos que le había despreciado al Negro. Ahora ya le aparecían apetecibles. Así es el hambre.

Comenzó a caminar calle abajo. La esquina estaba unos ochenta metros adelante y no había más que dos autos estacionados. Ni un solo peatón. El lugar estaba desolado, pero aún así, el Macetón se sentía contento.

Todavía le faltaban unos veinte metros para llegar al final de la acera cuando se vieron las luces de un vehículo aproximarse. Llegaba por la perpendicular, por lo que nada más el resplandor de los faros anunciaba su arribo. Ya casi alcanzaba la esquina cuando descubrió de qué se trataba. Era una camioneta que llevaba personal de Fuerzas Especiales de la Procuraduría, que no llegaba sola, porque la seguían cuando menos tres autos patrulla.

Se detuvo en seco y volteó para atrás. Por la bocacalle opuesta se veía entrar otro convoy similar. Entonces, lo comprendió. Venían por él. Corrió hasta un auto estacionado y trató de ocultarse detrás. Ahora tenía la nueve milímetros en la mano, como si pensara vender cara su captura, pero ya lo habían descubierto, por lo que la camioneta que estaba más próxima se detuvo. Por el lado opuesto comenzaron a bajar uno a uno los elementos del escuadrón en traje de tarea. Llevaban chalecos blindados y capuchas negras: eran muchos.

Por un momento todos quedaron inmóviles, como esperando que alguien tomara la iniciativa. Si hubieran disparado, el Macetón habría devuelto el fuego, pero nadie se movía. Sólo lo amagaban con sus armas. Eran tantos que ni siquiera llevaba consigo una bala para cada uno. Entonces, lo comprendió. No le quedaba más que entregarse. Había caído.

Todavía con la pistola en la mano, el Macetón se irguió despacio. Tenía los brazos en alto. Bajó la nueve milímetros sobre el toldo del auto que le servía de escudo y volvió a levantar la mano. En ese instante se dejaron venir a toda velocidad cuatro de los uniformados, mientras que los demás permanecían amagándolo. Lo derribaron con violencia y lo esposaron por detrás. Tenía la cara pegada a la banqueta mientras lo cacheaban. De pronto comenzaba a comprender por qué el Negro no había regresado. O lo había vendido, o lo habían agarrado. Tenía que ser una de las dos.

Lo condujeron hasta la camioneta y lo subieron en el asiento de atrás. A cada uno de sus lados se sentó uno de los agentes, mientras dos más montaban guardia. Los demás se unieron con los que habían llegado por el extremo opuesto de la calle para tomar la casa por asalto. El Macetón contemplaba las maniobras sin hablar. Todo había sucedido pronto y casi sin hacer ruido. Entonces el hombre a su derecha lo tocó en el hombro para llamar su atención. Volteó casi por reflejo, y a través de la capucha lo reconoció. Era el Caguamo, que le hacía una seña discreta pero amenazante. Se llevó el índice a los labios, o a donde deberían de estar porque los tenía cubiertos. El mensaje resultaba claro, no obstante. Le advertía que debería guardar silencio, y bien que entendía lo que le sucedería de no hacerlo.

La casa fue declarada limpia en poco tiempo. Nada especial, tomando en cuenta que en el interior solamente estaba la víctima. El convoy policial había sido seguido de cerca por un par de ambulancias y una cantidad de gente de los medios de comunicación. Cuando los jefes sabían que un operativo tenía buenas probabilidades de arrojar resultados positivos, siempre daban aviso a la prensa. La calle se llenó de gente. Había de todo; muchos espiaban el interior de la camioneta buscándole la cara al secuestrador. Era el hombre más solicitado del momento, por lo mismo, no se dejaba filmar. Nada más mantenía la cabeza gacha, y esa toma de su cabellera rojiza que les ofrecía sería todo lo que los noticiarios de esa noche podrían publicar sobre él. Para su fortuna, también estaba el español, que ya era subido en una ambulancia para ser llevado al hospital. Él también mantenía distraídos a los reporteros, no ocultaba la cara porque seguía en mal estado. El Macetón nunca pudo adivinar qué fue lo que le dio, pero si se salvaba, quizá le debería la vida a ese ataque. Si hubiera sido sorprendido adentro de la casa, seguramente habría abierto fuego, y si él no la habría de contar, el español tampoco.

Por un momento, el Caguamo y el prisionero quedaron solos dentro de la camioneta. El otro guardia se había bajado. El Macetón aprovechó la oportunidad para hablar con él:

—¿Qué, Caguamo? ¿Pos qué pasó? —le reclamó.

—¡Cállate! —le ordenó, al tiempo que le empujaba la cabeza hacia abajo— que no nos vean hablar. Luego te explico.

Si el Macetón estaba sorprendido, el Caguamo estaba asustado. Por eso no se separaba de él. Según lo planeado, debería estar muerto para ese momento. En mala hora lo habían sorprendido en la calle. Así no había podido ejecutarlo como pretendía y por ahora era un problema para muchos que siguiera con vida. Estando dominado, como lo estaba, no surgiría la posibilidad de acabarlo. Al sufrir un ataque, el español había salvado su vida y ciertamente había protegido la de su captor, aunque éste ni siquiera lo sospechara en ese momento.

—Y no vayas a decir nada cuando declares —agregó después de una pausa—, porque no soy el único que anda en esto, ya sabemos dónde encontrarte.

En los próximos días no volvería a saber del Caguamo, pero sus palabras lo acompañarían todo el tiempo. Sabía que lo que seguía sería difícil y que a donde lo llevaran estaría rodeado por enemigos día y noche. Cualquiera tomaría su vida a cambio de unos cuantos billetes. A partir de ese momento, estaba por su cuenta y lo único que podría hacer para sobrevivir sería quedarse callado.

—Nada más dime si también agarraron al Negro y al Pitufo —insistió todavía, aunque hablando con la cara hacia abajo para pasar inadvertido.

—Están afuera —fue la respuesta seca—, ya no hables más. Si se dan cuenta, van a comenzar a hacerme preguntas. Van a querer saber qué me decías. ¡Ya cállate!

El Caguamo había cumplido con su cometido. El mensaje estaba entregado y permanecer junto al prisionero comenzaba a incomodarlo. Entonces buscó quien lo relevara en la vigilancia y desapareció entre el bullicio. Los encapuchados debían marcharse pronto, dejando en manos de los agentes regulares el resto de la operación. El grupo basaba su efectividad en el pretendido anonimato de sus miembros.

El Macetón estaba pensativo. Ya ni siquiera prestaba atención a lo que sucedía a su alrededor. Trataba de comprender lo que había sucedido, porque le faltaba mucha información. Si el Negro y el Pitufo seguían sueltos y él no, era porque por alguna razón lo habían sacrificado a él para salvarse. Con razón no había querido tomarle la llamada un rato antes. Sabía que estaban a punto de caerle, y aún así, no le había dicho nada. O quizá eso era lo que le iba a decir cuando le marcó, pero la batería de su celular se había agotado sin darle tiempo para hacerlo. Eso debía ser. Sonaba más lógico, porque su pareja no lo traicionaría. No había sido su compañero el que lo había abandonado, había sido su suerte. Apenas dos semanas atrás celebraba su cumpleaños y todo marchaba bien. Se habían corrido una buena juerga, la última en muchos años, por lo que se podía adivinar. Esa misma noche se había topado con el español por primera vez.

De ahí venían los problemas. El que le había traído la mala suerte era ese desgraciado gachupín, porque a partir de ese momento todo se derrumbó. En unos cuantos días había perdido el empleo, había encontrado a su mujer con otro en su propia cama y había caído preso por secuestro. Todo en sólo dos semanas, las mismas que llevaba de haberse topado con ese maldito extranjero por primera vez. Si alguien debía pagar por sus desgracias, sería él. Ya le llegaría su turno.

Por lo pronto, era el tiempo de los jefes de la unidad. El éxito había sido rotundo. No habían tenido que transcurrir ni 48 horas desde que fueron alertados para que resolvieran el caso. No era cualquier caso, cuando que había tanta gente importante interesada. Éstas eran las oportunidades de hacerse notar, las que redundaban más adelante en ascensos o mejoras en el trabajo y que no se daban con mucha frecuencia. Cuando no habían casos notorios como éste, lo único por lo que los evaluaban era por las estadísticas, que rara vez mejoraban.

Los medios también hacían su agosto. Los grandes logros en materia criminal venden bien, además de que otorgan puntos con las autoridades. Promover los éxitos del gobierno, cuando el pueblo los aplaude al unísono, representa un modo muy conveniente de ganarse los créditos que a veces se pierden cuando alguien se va de la boca. Por eso estaban presentes en el lugar de la acción, y no esperando en la estación de policía, como normalmente sucedía.

Las imágenes de la operación alcanzaron los últimos noticiarios de ese día, y desde luego, aparecieron en todos los de la siguiente mañana. Se había dado un desenlace feliz y el caso podría caer en el olvido pronto. Sin embargo, había alguien que no había quedado del todo convencido con la manera en que las cosas se resolvieron. Un buen policía tiene buen olfato: al Jefe de la Unidad le quedaban todavía algunos cabos por atar, aunque ése no era el mejor momento para comenzar. No mientras se reciben felicitaciones desde arriba. Aun así, algo olía mal y buscaría la manera de descubrirlo.

Capítulo 12

dalberto Rodríguez, el tímido e inexperto abogado que le había sido asignado al Macetón, había repasado sus notas una y otra vez. Eran varias las páginas de apuntes que recopiló durante los tres días que a su cliente le llevó relatarle los hechos que lo tenían en prisión. Habían transcurrido siete meses y medio desde su captura y el proceso se encontraba rezagado, como casi siempre. Las razones habían sido varias, pero la más importante era que había sido abandonado dos veces por sus anteriores abogados.

El primero se lo había conseguido el Negro, pero como nadie le había ayudado a cubrir sus honorarios, tuvo que despedirlo y hacerse de otro menos costoso. Sin embargo, a medida que el tiempo transcurría y el recuerdo del Macetón se iba quedando atrás, también pagarle al segundo le comenzó a pesar, por lo que dejó de entregarle dinero hasta que el litigante abandonó el caso.

La corte también se tomó su tiempo para asignarle un defensor de oficio, que resultó ser Adalberto. El mismo que ahora parecía tomar el asunto con mayor seriedad que ninguno de los anteriores, a pesar de no recibir pago alguno a cambio de sus servicios. La razón era sencilla. Una vez que sintió que había logrado tomar el control de la situación, el reto de ganarle el caso al agente del Ministerio Público lo tenía muy motivado. En especial porque, cuando se cruzaba con él, lo miraba en forma despectiva, como a un simple defensor público y no como a los elegantes abogados con los que a veces se enfrentaba, a los que siempre trataba con deferencia.

Ahora, el abogado sabía tanto del asunto como el Macetón, excepto por las identidades del Caguamo, del Pitufo y del Negro, que el cliente se había reservado en develar, evitando así que pudieran tomar represalias en su contra. Después de todo, estaba encerrado en un lugar plagado de criminales a los que no les simpatizaban los ex policías. Muchos habrían aceptado el encargo de liquidarlo con gusto, y apenas llevaba poco tiempo bajo la protección del Atila. Todavía sentía que su vida pendía de un hilo.

Adalberto repasaba por última vez sus anotaciones. Debía estar en la cama desde hacía una hora. No le gustaba desvelarse. Pero también se encontraba obsesionado con el caso. Tenía que presentar su defensa en pocos días e intuía que podría lograr un buen resultado. Entonces le llegó como por inspiración una idea nueva. De repente ya sabía por dónde empezar, eso sería haciendo un poco de investigación. Como los mejores abogados de las películas de Hollywood.

Temprano, por la mañana, se dirigió a buscar al Comandante. A ese hombre que había suspendido al Macetón y que lo había mandado a un centro de rehabilitación. Por ahí comenzaría con sus indagaciones.

Pero nada resulta tan sencillo ni tan rápido como uno podría desearlo. Adalberto se encontró una vez más haciendo una prolongada antesala. Aparentemente, el Comandante era un hombre muy ocupado, porque lo hizo esperar un buen rato para recibirlo. No le gustaban los policías corruptos; eso era lo que había aprendido del Macetón después de los hechos. Ni siquiera tenía muchas ganas de ayudarlo.

Cerca del mediodía consiguió por fin que lo recibieran. El Comandante no pretendía dedicarle mucho tiempo, lo que le hizo notar pronto. Mientras Adalberto se sentaba, él se ponía de pie para tomar su saco. Se disponía a salir.

El abogado no se dejó intimidar por la aparente indiferencia con la que era tratado y tomó el hilo de la conversación con presteza, aunque cuidando sus modos:

—Perdone que lo moleste, Comandante, pero necesito que me haga el favor de informarme algunos detalles con respecto a la situación de Ramón Márquez.

—Dispare, abogado, que ando de prisa —respondió molesto.

—Es algo muy sencillo —repuso Adalberto—, nada más necesito saber qué clase de suspensión se le aplicó a Ramón Márquez y por qué motivo.

El Comandante se detuvo por un momento. Ya se había puesto el saco y buscaba su portafolio para marcharse cuando comprendió que la mejor manera de deshacerse del abogado sería responderle de forma rápida y tajante.

—Dio positivo en un *antidoping*. La suspensión es automática por reglamento.

—Pero lo mandaron a rehabilitación, ¿o no? —agregó Adalberto.

—Es el procedimiento. Cuando alguien resulta positivo, se le proporciona la posibilidad de reintegrarse si cumple con un tratamiento y un seguimiento posterior.

—Sin embargo, Ramón Márquez abandonó la clínica a la que lo mandaron, ¿no es así?

—Así fue. Me vino a buscar porque decía que lo querían tratar por alcoholismo también y eso no le pareció. Yo lo mandé de regreso, pero nunca se presentó.

—Eso es lo mismo que me contó a mí —siguió Adalberto—, entonces, lo dieron de baja, ¿o no?

—Es el procedimiento. No es nada personal.

—Eso lo entiendo, aunque me queda una duda. ¿Cuándo lo dieron de baja?

En ese momento, el Comandante comprendió por dónde iba el abogado e hizo una pausa. En cualquier otro caso, se habría tardado casi un mes en mandar el expediente a Personal para que lo procesaran, pero como había sido atrapado cometiendo un crimen, él en persona se había encargado de que apareciera como si hubiera sido separado de la corporación antes de cometer el ilícito. No quería que figurara el antecedente entre los registros de su grupo. Por eso falseó las fechas y logró que lo procesaran cuanto antes. Para todo efecto legal, Ramón Márquez había salido de la policía un día antes del secuestro. Eso era lo que su expediente mostraba.

—No estoy seguro —mintió el Comandante—, habría que revisar en el área de Personal. Pero yo no tengo tiempo para eso.

La reacción del Comandante no lo sorprendió; era una buena señal. Entonces Adalberto jugó su siguiente carta. De su portafolio sacó una carpeta y de ésta una solicitud por escrito. Pretendía que le fuera proporcionada una copia del expediente de su cliente, autenticada por el funcionario pertinente. Ahí debería aparecer la fecha de su baja definitiva; por lo que adivinaba, sería una que le resultara conveniente a sus fines.

Acorralado por el joven abogado, al Comandante no le quedó más que recibir el escrito, lo que hizo de mala gana. Aunque él había actuado de buena fe, alguien más podría percibir cierta irregularidad en los plazos, que ciertamente arrojaría sospechas sobre él. Lo mejor sería entregar el documento sin llamar la atención. El abogado podría volver con una orden judicial para obtenerlo y entonces todos se enterarían.

—Vuelva mañana por la mañana —le dijo después de firmar—, yo mismo se lo tendré aquí.

—¿Le importa si le doy una ojeada primero? —se aseguró Adalberto—. Si no dice lo que espero, en realidad no voy a necesitarlo.

—Acompáñeme —respondió secamente—, vamos a Personal y lo pido, sirve de que de una vez lo copien. Pero me tengo que ir. De cualquier manera, tendrá que volver mañana para que esté validada la copia.

Aunque de modales bruscos, el Comandante era un hombre honesto y de palabra, que cumpliría con lo que había ofrecido. El expediente sí decía lo que Adalberto esperaba que dijera. Ramón Márquez había sido dado oficialmente de baja un día antes de que el secuestro del español se llevara a efecto.

Encendido por los buenos resultados obtenidos esa mañana, Adalberto se marchó al reclusorio en busca de su defendido. Necesitaba más información, pero Ramón se negaba a dársela. Quizá llevándole algunas buenas nuevas lo convencería. Todavía con ese ánimo, inició la conversación:

—Tengo buenas noticias —le dijo en cuanto quedaron a solas.

El Macetón estaba con su habitual humor deprimido, por lo que apenas respondió con un gruñido.

—Resulta que usted ya no era policía cuando secuestraron al español —siguió animadamente. Pero la respuesta no resultó muy distinta de la anterior, aunque cuando menos incluyó un monosílabo.

—¿Y?

—¿Nada más "y"? —le replicó el abogado—, ¿no se da cuenta de lo que eso significa?

—Pos que ya no soy policía y ya, ¿qué otra cosa?

Adalberto se le quedó mirando fijamente. Su boca dibujaba una sonrisa enigmática, como si quisiera obligar a su defendido a pensar. Pero él no estaba de vena para hacerlo, por lo que tuvo que proseguir.

—Pues que como usted ya no era policía, vamos a echar para atrás los cargos por abuso de autoridad. Eso reduce la condena máxima en nueve años. Pero hay algo más. Al no haber sido policía en la fecha que se cometieron los ilícitos, también se reducen las penas máximas en otros dos cargos, el de asociación delictuosa, que baja en cinco años, y el de robo con violencia de vehículo, que baja en siete y medio. Ahora, en el peor de los casos, no le podrán dar más de 65 años.

El Macetón no se pudo contener. Sentía que se burlaba de él. Entonces respondió molesto:

—¿Qué no habíamos quedado que máximo 60 años? Ahora resulta que, como me está ayudando, ya subió a sesenta y cinco.

—No me está entendiendo —replicó Adalberto—. La pena máxima que pueden sumar todas sus sentencias es de 60 años todavía, pero ya nos quitamos más de la cuarta parte de los riesgos, y podemos quitarnos todavía más. Pero, para eso, necesito que me dé los nombres de sus cómplices. Tengo una idea que creo que puede funcionar.

—El que no me entiende es usted, abogado. Si abro la boca no la cuento. Así es aquí. Con uno que entregue, los demás también pueden caer, y seguro vienen sobre mí. Mejor búsquese otro camino.

Y no era porque le naciera proteger a los que estaban afuera. Sí quería fastidiar al Caguamo porque ese desgraciado los había traicionado. Primero les había ofrecido protección para después entregarlos. Por si fuera poco, había tenido todavía el descaro de sentarse junto a él cuando lo detuvieron, nada más para amenazarlo. Pero sabía que si lo delataba se llevaría con él al Negro y al Pitufo. Al Negro era al que más quería cuidar; después de todo, era su pareja.

Ese Caguamo era un verdadero hijo de puta. Él lo sabía bien. Delatarlo podría costarles caro a todos.

Por su parte, Adalberto se daba cuenta de que no avanzaría por ese camino. No le había dicho todavía la mejor parte, porque se la tenía que reservar. Ésa dependía de granjearse algunas simpatías. Pero para lograrlo, necesitaba algo con qué negociar, y su defendido se negaba a proporcionárselo. Si tan sólo accediera a darle el nombre del miembro de la Unidad Antisecuestros que les había ofrecido protección. Eso podría valer una fortuna en términos de años de condena.

—Necesito algo para negociar —Adalberto interrumpió por fin el silencio—, aunque sea un solo nombre, o el dato de ese lugar donde obtuvieron los autos.

El Macetón no hizo por responder. Sólo veía a su abogado con esa mirada fija que solía usar cuando estaba harto de algo. Por lo visto, se había topado con un licenciado muy necio o muy tonto, o las dos cosas, porque no lograba hacerlo entender que jamás mencionaría los nombres de los demás.

Entonces, se levantó y llamó al guardia. No tenía caso prolongar la discusión. Tenía asuntos más importantes que atender. El Atila le había dado finalmente alguna mercancía para mover en el penal y quería sacarla tan pronto como pudiera. Sólo así progresaría en ese lugar.

Adalberto se quedó pensativo. No estaba dispuesto a abandonar su plan de acción. Seguiría adelante a pesar de las negativas de su cliente. Presentía que iba por buen camino. Tenía buena mercancía para negociar. Dos policías cómplices de secuestro, un traficante de autos robados y un agente de la Unidad Antisecuestros corrupto. Eso debería valer bastante. Bastaría con encontrar al cliente correcto para vendérselos a cambio de una reducción más que significativa en la condena de Ramón Márquez. Pero estaba pisando en terreno flojo. Hasta ese momento, no había encontrado en quién confiar y comenzar a hacer preguntas sin ton ni son solamente podría acarrearle problemas. En especial, porque él no era nadie todavía.

Mientras tanto, el Atila llamó al Macetón para conversar con él. Quería saber por qué su abogado llevaba cuatro días seguidos visitándolo. Eso no era muy usual. Muchos de los internos rara vez sabían de sus respectivos defensores. Tanta atención comenzaba a despertar rumores.

Entonces el Macetón le explicó lo que él entendía al respecto. Su abogado era un muchacho que todavía estaba muy novato; por lo mismo, creía que lo iba a sacar de ahí. Decía que si delataba a los que habían participado en el trabajo, podría conseguirle estar fuera en poco tiempo. Un par de años cuando mucho. Él no lo creía y además eso no se hace.

Pero el Atila pensaba de otra manera. Necesitaba más gente trabajando desde afuera y por eso le interesaba que lo soltaran. Así, tendría un par de manos adicional para resolver sus negocios; ahora que había comprobado que el Macetón era de fiar, quería conocer todos los detalles sobre su defensa.

Al jefe no podía negarle nada. Ésa era la ley. Aunque al Macetón no le nacía hablar de los demás, con él tendría que actuar de manera diferente. Estaba atrapado entre los de afuera y los de adentro; por lo pronto, le preocupaba más conservar la buena relación que había desarrollado con el Atila. Era él quien le proporcionaba seguridad.

Le contó lo mismo que a Adalberto, aunque con menos detalles. Con él no hacía falta dar tantas explicaciones. Pero tuvo que decirle todo de cualquier manera; para su sorpresa, resultó estar más interesado de lo que habría supuesto. Sobre todo, en conocer los nombres de los demás. Y a él sí se los dio. No tenía caso mentirle, pues tarde o temprano se enteraría.

—Para mañana te conseguiré un dato que te va a interesar —le dijo el Atila cuando terminó con el relato—, a lo mejor te ayuda a decidir qué hacer. A veces se escuchan cosas aquí adentro; el otro día alguien hablaba de ti.

El Macetón se quedó extrañado. Miró al Atila alejarse para regresar a la protección de sus soldados, de los que se había separado para hablar con él en privado. ¿Qué podría ser eso que otros sabían y él no? Ahora tenía más cosas en qué pensar.

Capítulo 13

*A*fuera de la oficina del Comandante, Adalberto esperaba sentado. Entre nervioso y emocionado, aguardaba con paciencia a que lo recibiera, cosa que no parecía interesarle mucho al hombre tras el escritorio. Él había cumplido con su compromiso del día anterior. El abogado ya tenía en su poder la copia del expediente de Ramón Márquez. ¿Qué más podría querer? Sin embargo, el tiempo pasaba y seguía allí, observándolo a través de los cristales. Por lo visto, no se marcharía hasta que lo atendiera; ahora era él quien comenzaba a sentirse incómodo cada vez que lo sorprendía mirando hacia el interior.

—Pásele, abogado —lo llamó, por fin, a través del vidrio.

Adalberto se puso en pie de un salto y entró. Había pensado durante largas horas cómo abordar el tema, pero la presencia del Comandante se le imponía, como suele sucederles a las personas de complexión menuda cuando se enfrentan con una personalidad recia. Sabía que debería controlarse o no lograría venderle lo que le llevaba. Si quería llegar a las grandes ligas en su oficio, debía aprender a tratar con gente como él.

—¿Qué lo trae por aquí? —lo recibió—. ¿Le entregaron sus copias?

—Sí, Comandante. Gracias —respondió con la voz tan firme como pudo—, pero tengo algo más que comentar con usted. Creo que le va a interesar.

El experimentado policía clavó su mirada en la de él mientras le señalaba la silla para que se sentara. Entonces respondió de manera directa, como lo acostumbraba:

—¿De qué se trata?

El abogado se aclaró la garganta antes de comenzar. No quería que se notara su nerviosismo, aunque el hombre que tenía enfrente lo había percibido desde que entró.

—Ramón Márquez es un hombre sumamente reservado —inició—; sin embargo, a fuerza de hablar con él, he logrado que me revele algunas cosas que a nadie más le ha dicho. Como usted lo entenderá, yo no puedo repetirlas sin su consentimiento, el cual no he logrado obtener por más que he insistido.

Tuvo que hacer una pausa. La mirada del Comandante ahora era más pesada que antes y se la sostenía sin siquiera parpadear. Ese hombre le resultaba en verdad intimidante, pero aun así prosiguió:

—Lo único que puedo informarle es que me he enterado de la existencia de dos elementos corruptos dentro de su grupo, además de cuando menos uno más en la Unidad Antisecuestros y de un sitio en el que se dedican a desmantelar autos robados. Eso es lo que tengo para ofrecer, pero para convencer a mi defendido de entregarlos, primero necesito saber qué nos ofrecen a cambio.

El Comandante no había hecho un solo gesto mientras lo escuchaba. Parecía que ni siquiera le había puesto atención, porque en cuanto terminó se quedó tan impávido como antes, hasta que por fin trató de jugar sus cartas como más le convenía.

—¿Sabe que retener información es un delito, abogado?

Adalberto también se tomó un tiempo para responder. Era obvio que el policía que estaba enfrente de él trataba de obtener la información sin ofrecer nada a cambio. Eso era de esperarse. Sin embargo, él tenía que obtener tanto como pudiera por proporcionársela. Una vez revelados los nombres, no le quedaría nada para negociar.

—Ahí está el problema, Comandante —respondió tras la pausa—. En primer lugar, yo no tengo la obligación legal de descubrir lo que mi cliente me ha confiado, eso usted lo sabe tan bien como yo. Pero eso no es todo. Yo no sé los nombres aún. Mi defendido se ha negado a decírmelos y yo no tengo modo de convencerlo, a menos que hagamos un trato del que él salga beneficiado.

—¿Qué es lo que quiere? —repuso de inmediato.

—Esto es un asunto serio que involucra a varias partes, aunque usted es mi única puerta de entrada. Si consigue una reunión en la que participe el agente del Ministerio Público que lleva el caso, que es la parte acusadora, y el Comandante de la Unidad Antisecuestros, que me imagino que va a estar tan interesado como usted en conocer la verdad, creo que puedo convencer a mi defendido de que revele la información.

—¿A cambio de qué? —quiso saber el Comandante.

—Eso se los haré saber cuando nos reunamos, pero le anticipo que todo puede ser resuelto con apego a la ley.

—¿Nada de soltarlo sin juicio? —agregó el Comandante.

—Así es, pero me reservaré lo que pedimos hasta que tengamos un acuerdo, el tiempo se nos ha venido encima. Tenemos que resolverlo esta misma semana.

—Voy a ver qué puedo hacer, aunque no le prometo nada. Es poco tiempo, pero los voy a buscar. Déjeme sus números para localizarlo y llévese el mío. Si no ha sabido de mí para mañana a esta hora, llámeme.

Contento y satisfecho, Adalberto abandonó la oficina. No se había equivocado. El Comandante estaba interesado. A pesar de sus modos hoscos, era un hombre honesto y de buena reputación, que sin duda querría extirpar a cualquier mal elemento de sus filas. Lo mismo valdría para el Jefe de la Unidad Antisecuestros. Allí estaban orgullosos de no tolerar elementos corruptos entre ellos.

Ahora, sólo le faltaba la parte más complicada del asunto: convencer al prisionero de que le entregara la información que necesitaba. Ésa sería la moneda de intercambio, y todavía no la tenía. Necesitaría esgrimir un buen argumento para convencer al Macetón de soltarla, y lo tenía, aunque dependería aún del trato que pudiera lograr con el Ministerio Público. Esperaría hasta después de la reunión para visitar nuevamente el reclusorio. Si no llevaba algo nuevo, lo único que lograría sería irritar al irascible ex policía. Todavía tenía presente su exabrupto de la semana anterior, cuando el pánico lo forzó a abandonar de prisa la sala de entrevistas porque su cliente se había puesto violento.

Mientras tanto, en el patio del reclusorio, el Macetón estaba sentado con la mirada perdida en el infinito. Era el primer día que su abogado no iba para hablar con él; en cierto modo, le hacía falta. Una vez que se atrevió a comenzar con el relato detallado de los hechos que lo llevaron a prisión, descubrió que se había sentido aliviado. La experiencia se convirtió en una catarsis y se percibía más tranquilo. Confesar sus faltas había descargado su alma. Ahora quería seguir hablando con él, si no de lo mismo, tenía muchas cosas más atoradas adentro que también necesitaban salir, pero ya era la una y Adalberto no se había presentado.

Estaba perdido en sus pensamientos cuando el Atila lo mandó llamar. Se levantó y caminó hasta el rincón en el que siempre estaba. Lo rodeaban sus soldados, como cada vez. La guardia personal que le resultaba indispensable, porque era el más importante de los capitanes en ese lugar y, por lo mismo, tenía numerosos enemigos. Ahora estaba con ellos otro recluso. Uno que no pertenecía a su bando y eso llamó su atención.

—Aquí está lo que te ofrecí ayer —le dijo en cuanto llegó, mientras señalaba al extraño—. ¡Cuéntale! —le ordenó en seguida.

El hombre comenzó con su relato. Hablando despacio, porque en ese lugar nadie tiene prisa, pero sin muchos rodeos:

—La semana pasada me contaron algo —comenzó—. Algo que tiene que ver contigo, porque tú eres el Macetón, ¿o no?

El aludido asintió con la cabeza.

—Y tu pareja era el Negro, ¿o no?

Volvió a asentir, pero ahora comenzaba a interesarse. A nadie le había hablado del Negro en ese lugar, con la sola excepción del Atila para quien no podía tener secretos.

—Pues esto es lo que me contaron —siguió—. Fue un vale que se fue con él a un cabaret en Neza, parece que se le pasaron las copas, porque se le soltó la lengua.

Ahora, Úrsula regresaba a su mente como una avalancha. Eso debía ser amor, porque mientras menos la veía más pensaba en ella. Algún día la volvería a buscar y sería suya. Era lo único de lo que estaba convencido.

—Y que al día siguiente les hicieron el *antidoping*.

Eso ya lo sabía. Si era a partir de ese momento que su vida se había desmoronado. ¿Cómo olvidarlo?

—Que como te habías metido un jale no lo ibas a pasar, entonces compraste una muestra, pero que te la cambiaron a la mera hora y por eso caíste.

El Macetón seguía serio. Por lo visto, en ese lugar nada pasaba inadvertido. Ni siquiera las historias de antes de haber llegado.

—Pues esa mañana que te fuiste a dormir al carro después de lo de la muestra, llegó el Negro y te despertó. Tú creíste que apenas iba llegando, le dijiste que se fuera porque estaban haciendo análisis, pero él no iba llegando, más bien ya estaba de salida.

Eso era algo nuevo. Hasta ese momento, él ya conocía la historia que le estaban contando. Si la había vivido en carne propia, ¿cómo no recordarla? Pero eso de que el Negro ya iba de salida era otra cosa. Eso no se lo había dicho su pareja, ni entonces ni después.

—El Negro llegó antes que tú y también estaba tratando de conseguirse una muestra, pero no llevaba dinero. Dice que por tu culpa, que porque la noche anterior te habías quedado con todo y no le pasaste nada. Ya había conseguido prestado, pero cuando regresaba, te vio pagar 500 pesos por una muestra, eso era muy caro. Él nada más pudo conseguir los 300 que siempre valen. Como el que las estaba vendiendo nada más podía dar dos, rápido salió otro que pagó lo mismo que tú. Entonces los demás se fregaron.

El Macetón escuchaba estoico. Hasta ahí, lo único nuevo era que el Negro había estado en la prueba, aunque no se lo había confesado. Eso no era tan grave. Sin embargo, adivinaba que todavía faltaba algo más por salir a relucir, y así sucedió.

—Como ya no tenía modo de resolver su asunto de esa manera, fue con la enfermera para ver qué se podía hacer, pero ella no se prestó a nada. Estaba muy atareada. Entonces vio tu muestra sobre una mesa y se le ocurrió. Le arrancó la etiqueta y la entregó como si fuera suya. Era la única muestra de la que podía estar seguro que estuviera limpia, las demás quién sabe. Dice que por eso agarró la tuya. Luego hizo su muestra en el vasito y le pegó tu etiqueta. Como era la misma letra de la enfermera, nadie se dio cuenta.

—¡Hijo de la chingada, Negro! —gruñó el Macetón—, y yo cuidándolo al mal nacido. Pero ésta me la va a pagar. ¡Juro por Dios que ésta sí me la paga!

Estaba fuera de sus cabales y no pudo decir más. Mejor se alejó. Necesitaba estar solo. De pronto todo había cambiado. Su pareja, el hombre en el que más confiaba, era el mismo que lo había apuñalado por la espalda. Luego lo había metido en ese asunto del secuestro. Ahora no le quedaba la menor duda. Si alguien lo había vendido, tenía que haber sido él; no el Caguamo, como siempre había pensado. El maldito Negro, que siempre se creía el más listo de todos. Pero esta vez se había pasado de la raya. Lo tenía en sus manos. Bastaría con delatarlo para que también cayera. Así se lo pondrían allí mismo, en el reclusorio. Sólo que llegaría sin protección; en cambio, él contaba con el Atila. De pronto se invertían los papeles. Después de todo, su suerte estaba regresando.

Tardó más de una hora para tranquilizarse. Entonces buscó al Atila. Necesitaba hablar con él otra vez. Había cambiado de opinión. Ahora no sólo estaba dispuesto a hablar, sino que lo deseaba. Con las conexiones del jefe, a lo mejor hasta lograría salir pronto, aunque sabía que de ser así estaba destinado a trabajar para él desde afuera. Eso no le molestaba. Había cambiado mucho en los últimos siete meses y ahora comprendía que daba lo mismo en qué bando se estuviera; de cualquier manera, estaba uno jodido, los riesgos siempre estarían a la orden del día. Además, él sabía cosas que muchos otros no. Por eso, en las organizaciones criminales son tan afectos a admitir ex policías.

Al Atila no le sorprendió que lo buscara tan pronto. De hecho, lo esperaba. Había adivinado en qué terminarían las cosas cuando se enterara de lo que otros habían sabido desde antes. Una vez convencido de que no le debía lealtad alguna a los que estaban afuera, el Macetón quedaría a su merced. La mejor manera de reclutar gente para su organización era hacerlo allí mismo, en el encierro, donde podía conocerlos bien y hacerles sentir su poder antes de volver a las calles para trabajar bajo su mando.

—Tenías razón —le dijo el Macetón en cuanto se apartaron un poco—, debería hablar. Con suerte y salgo más pronto.

La mirada del Atila permanecía fija en él, aunque libre de cualquier mensaje. Nada más escuchándolo con atención.

—Pero me preocupa que entre que hable y que salga me pase algo. Quién sabe cuánto tiempo pueda tardar eso, voy a tener que andar a las vivas.

—Habla primero con tu abogado —le respondió—. Averigua qué trato puede conseguirte y me lo dices antes de tomar ninguna decisión. Ya sabes que mientras estés conmigo, nadie te va a tocar, pero, ¿qué te va a pasar si yo me voy antes?

—En eso tienes razón. Nada más espero que mañana sí regrese mi licenciado, porque hoy ya no vino. Ha de ser porque ayer me le puse un poquito brusco y está chamaco todavía.

—Si quieres le mandamos hablar. Tú nada más dímelo y ya. Yo veo que esté aquí mañana —le ofreció el Atila.

—Creo que sí. No vaya a ser la de malas. Pero hay otra cosa. ¿Qué, si meten al Negro aquí también? ¿Me lo puedo echar?

—Se ve que eres de buena ley —le respondió—, y ese cabrón te jugó chueco. Ayer todavía lo defendías. Si llega por aquí, es tuyo. Nada más me avisas antes y ya.

—¿Entonces, le hablamos al licenciado?

—Está hecho —terminó el Atila—, segurito que mañana viene. Yo me encargo.

Una vez más, el panorama le había cambiado al Macetón. Apenas anteayer pensaba que pasaría el resto de su vida en ese encierro y todo por respetar los principios y la ética de su gremio. Sin embargo, ahora descubría que no había sido tratado como él trataba a los demás. Había sido el hazmerreír del Negro, que ahora se jactaba de cómo se lo había fregado con lo del *antidoping*. Ni eso se pudo quedar callado. Por lo mismo, por esa falta de lealtad, ahora él también caería. Y si se lo ponían cerca, sabía perfectamente lo que le iba a hacer. Primero a él y luego al Caguamo, que ése también se la debía. Pero peor el maldito Negro.

—¡Que me cambió la muestra porque lo dejé sin dinero! ¡Cínico! ¿Por qué mejor no me lo dijo cuando todavía estábamos ahí? Yo habría buscado la manera de hacer rendir la mía. Si nada más era cosa de echarle un chorrito de agua y ya. Habría alcanzado para los dos.

Capítulo 14

Solo, en la sala de juntas, Adalberto aguardaba la llegada de los otros tres convocados. El Comandante le había telefoneado temprano, por la mañana, para decirle que había logrado coordinar la reunión solicitada. Se encontrarían en la sede del Ministerio Público a las once en punto.

Él había llegado puntual, y sabía que el Fiscal ya andaba por ahí, porque ése era su lugar de trabajo. Pero los dos policías estaban retrasados. Tanto el antiguo comandante del Macetón como el Jefe de la Unidad Antisecuestros. No le extrañaba que no hubieran aparecido todavía por ahí, era de esperarse.

Lo que ocupaba sus pensamientos era la llamada que recibió apenas unos minutos después de la primera. La voz tosca, pero respetuosa, de un hombre que no se identificó. Sólo le pidió que no se olvidara de pasar por el reclusorio ese día para hablar con su defendido. Eso era lo que lo tenía meditabundo. Jamás le había proporcionado el teléfono de su casa a nadie que no hubiera sido el Comandante; obviamente, el recado no había venido de él. Si habían colgado apenas unos minutos antes. ¿Quién era, entonces, esa persona que lo había encontrado con tal facilidad? ¿Y por qué se interesaba en Ramón Márquez? Saberse expuesto lo hacía sentir cierta aprensión, porque en el fondo intuía que se encontraba al alcance de cualquiera, incluso de un recluso. Y no se equivocaba. Eso que lo había tocado era el largo brazo del Atila, que cumplía así con el ofrecimiento hecho al Macetón la tarde anterior de convocar al abogado.

La entrada de los tres hombres por los que aguardaba en la sala de juntas lo regresó a la realidad. Sintió cómo el estómago le daba un vuelco. No podía remediarlo. Le faltaban muchos años de vuelo todavía para superar esa reacción. Se sentía inseguro ante esas personas de carácter fuerte y que además le doblaban la edad. Aun así, hizo un esfuerzo por disimular. Si percibían su miedo, perdería en la negociación. Por fortuna, esta vez ellos estaban más interesados que él en conocer la verdad. Si no, ¿por qué habían respondido tan pronto?

El Comandante inició la conferencia, ya que él había sido quien coordinó la reunión.

—Bien, abogado. Aquí estamos como lo solicitó. ¿Qué es eso que tiene para nosotros?

Adalberto tardó un poco en responder. La parte más difícil era sobreponerse al pánico escénico, aunque en cuanto comenzara a hablar, las cosas se le irían facilitando. Eso lo sabía bien.

—Les repito a todos lo que le dije a usted ayer, Comandante —logró iniciar por fin—. Tenemos alguna información que les puede resultar interesante.

Hizo una pausa antes de proseguir. Necesitaba tomarse un tiempo para calmarse.

—Lo que les puedo ofrecer son algunos datos interesantes. Primero, los nombres de dos agentes corruptos bajo las órdenes del Comandante, que también participaron en el secuestro. Segundo, la ubicación de un negocio que se dedica a comerciar y desmantelar autos robados. Tercero —para ésta se tomó una pausa—, la identidad de un miembro de la Unidad Antisecuestros que les ofreció protección antes de los hechos.

Se hizo un breve silencio. Adalberto miraba con fijeza al Jefe de la Unidad Antisecuestros, tratando de adivinar qué tan interesado estaría en conocer el nombre del elemento corrupto que actuaba bajo su mando. Algo logró percibir. Un cierto gesto que no logró reprimir, como quien dice "siempre lo sospeché". Por algo no había quedado satisfecho cuando se resolvió el caso. Le molestaban varios detalles, pero el más significativo era que los secuestradores no hubieran vuelto a llamar cuando ya estaba dispuesto el operativo de rastreo. Eso resultaba poco probable, en especial si la víctima seguía retenida. Además, sólo habían atrapado a uno de los responsables, mientras los demás se habían desvanecido. Alguien tenía que haberles ayudado a desaparecer y era muy probable que fuera uno de los suyos. Por eso, no sólo no había dudado en asistir a la reunión, sino que se encontraba más interesado que cualquier otro.

—¿Y qué pide? —intervino el Ministerio Público—, porque me dijeron que sería con apego a la ley.

—Así es —respondió Adalberto—. Con apego a la ley, más una recomendación al Juez de parte suya para que dicte la sentencia más baja posible, soportada sobre la cooperación que mi defendido va a prestar para atrapar a los cómplices.

Todos ponían atención, tratando de adivinar qué seguiría.

—En cuanto al cargo por abuso de autoridad —prosiguió el abogado—, el Comandante ya me proporcionó copia del expediente de mi defendido, que muestra una fecha de baja anterior a la de los hechos. Ésa, simplemente le solicito que no la impugne, para no prolongar el proceso.

El Comandante y el Ministerio Público cruzaron una mirada en la que se podía leer aprobación. Era la primera, pero también la más sencilla. Entonces continuó:

—En cuanto al cargo por asociación delictuosa, como a la fecha no se ha podido comprobar la participación de ningún otro delincuente en los hechos y tendrían que encontrar cuando menos a dos más, solicito que sea desechado.

—Pero abogado —interrumpió el Ministerio Público—, si usted mismo nos está diciendo que hay tres más.

—Sí —respondió Adalberto—, pero no los va a encontrar hasta que yo le diga quiénes son. Si nos vamos a juicio, sabe bien que se la voy a ganar. Si no hay más de un delincuente, éste no puede estar asociado; no veo que hayan atrapado a ningún otro involucrado en los últimos meses. Tan sólo me va a llevar más tiempo.

El Ministerio Público tuvo que ceder, aunque no le gustaba la idea de abaratar el caso con tanta facilidad.

—En cuanto a los cargos por robo de vehículo —prosiguió el abogado—, solicito también que sean desechados sobre la base de que nadie puede relacionar a mi defendido con ese hecho particular. La misma víctima declaró que quien lo forzó a bajar del auto no era Ramón Márquez; después de eso, nadie ha vuelto a encontrar ese vehículo. Por cierto, extraoficialmente le informo que ya fue desaparecido en ese mismo lugar que le he ofrecido señalarle, claro, siempre y cuando lleguemos a un acuerdo.

Ahora, el Ministerio Público no replicó. Se daba cuenta de que ese inexperto abogado, al que con tanto desprecio había tratado antes, venía mejor preparado de lo que había supuesto. Lo dejaría terminar. A fin de cuentas, la decisión debería involucrar también la opinión de los dos policías; ésa no se tomaría hasta quedar solos, terminada la reunión.

—Por último, en cuanto al cargo por privación ilegal de la libertad, solicitamos que el Ministerio Público acepte expresamente que la víctima fue liberada por su propio captor en un plazo inferior a las 72 horas, como de hecho sucedió.

Ahora, quien respondió fue el Jefe de la Unidad Antisecuestros. ¿Cómo aceptar que no había sido su personal quien había liberado al español? Si cuando lo encontraron seguía en la misma casa en la que lo tenían detenido. Pero Adalberto había encontrado cómo sustentar su alegato. Su interés en lograrlo tenía una razón muy válida. Las leyes mexicanas dicen que cuando un secuestrador libera a su víctima por iniciativa propia antes de 72 horas, la pena se reduce a un periodo que puede ir de dos a seis años de prisión, más una multa que puede resultar ridículamente baja.

—¿Y en qué basa ese supuesto, abogado? —intervino el Ministerio Público cuando el policía por fin se calló.

—Es simple, así lo presentaré en mi defensa. Cuando las fuerzas policíacas llegaron al lugar de los hechos, mi defendido no se encontraba en el interior del inmueble. Así lo dice claramente el informe. De hecho, se encuentra detenido porque la víctima lo reconoció, porque de otra manera ni siquiera hubieran intentado atraparlo. A simple vista, él no era más que un transeúnte cualquiera en esos momentos. Alguien debió señalarlo. Me imagino que ese mismo elemento corrupto de la Unidad. Como mi defendido corrió, todos se lanzaron sobre él sin dudarlo.

Adalberto hizo una nueva pausa. Ya no estaba nervioso. En cambio, se sentía volar. Tenía a los tres presentes en la mano y lo estaba disfrutando. Pero tenía que proseguir.

—Fundamentamos que la víctima fue liberada en el momento en que se encontraba sin restricción alguna para salir a la calle y marcharse en ese momento. Había sido desatada, la puerta de la casa no estaba cerrada con llave y su captor se había marchado. Para mí, eso es estar en libertad, y me imagino que para el Juez también. Sin embargo, si el Ministerio Público también lo acepta, nos ahorraremos una cantidad significativa de tiempo en el proceso.

—Pero el secuestrado estaba en mal estado físico —alegó el Ministerio Público—, ni siquiera podía ponerse de pie.

—En eso estamos de acuerdo —repuso Adalberto—, pero de cualquier manera estaba en libertad. Para la ley, estar en libertad no depende del estado de salud que prive en un momento dado. O se está en libertad o no se está. La víctima estaba libre cuando la policía llegó. El informe lo expresa claramente.

El Ministerio Público se sentía acorralado. De pronto, el abogado le había revelado su línea de defensa. Y no sonaba mal. Podría suceder que se saliera con la suya aun en un juicio, y entonces no recibirían esa información que tanto deseaban: la que descubriría a otros tres elementos corruptos de diferentes corporaciones. Pero, por otra parte, Ramón Márquez había secuestrado a un hombre y dispuesto de su vehículo en compañía de cuando menos tres cómplices. Era un delincuente y merecía recibir una condena proporcional a la gravedad de lo que había hecho. Aceptar las condiciones del abogado y recomendar la menor sentencia posible equivaldría a que estuviera en la calle a lo sumo en un par de meses más, porque si le daban solamente dos años, su defensor conseguiría que le conmutaran el resto de la pena por una multa o por un tratamiento en libertad. Habría cumplido menos de un año de prisión, cuando él había pretendido obtener la condena máxima.

—Y supongamos que aceptamos que liberó al secuestrado —retomó el Ministerio Público—, entonces le formulamos cargos por abandono. Cuando salió, la vida de la víctima estaba en peligro.

Adalberto respondió de inmediato. Ya esperaba algo así:

—Mi propuesta no es negociable. Mi defendido teme por su vida si delata a sus cómplices. Si hace un trato, éste debe asegurarle que obtendrá su libertad para alejarse de ellos y que no se le formularán nuevos cargos cuando los demás sean atrapados. En todo caso, en cuanto al abandono, cuando salió iba en busca de ayuda calificada. Así lo alegaremos. Evítese el papeleo, licenciado. Tampoco creo que me gane ésa.

Estaba sorprendido de lo que descubría en sí mismo. De pronto se había encontrado hablándole de tú a tú al Ministerio Público. A ese mismo hombre que apenas media hora antes lo miraba con desprecio, pero que a partir de ahora lo vería de otra manera. Aun si no lograra cerrar el trato y perdiera el caso, había ganado mucho. Cuando le pidieron que saliera por unos momentos para conferenciar, ya era otro. El tímido Adalberto se había quedado atrás. Todo se lo debía a ese Juez, que no le permitió abandonar el caso cuando más asustado estaba. Ahora se lo agradecía.

Apenas quince minutos después lo llamaron de regreso a la sala de juntas. Se había logrado un consenso. Estaban dispuestos a pactar, aunque quedaban algunos detalles por afinar. Antes que otra cosa, el Fiscal necesitaría platicar con el Procurador General para explicarle los porqués de los escritos que debería presentar. Cuando un caso como ése se desvanece en el aire, las sospechas se levantan como el polvo en el viento. Una decisión de tal magnitud debería involucrar al jefe máximo. Después, debería hablar con el Juez a cargo. Aunque todo el procedimiento se llevaría a cabo por medio de escritos, debería estar al tanto de los fines que se perseguían. A él tampoco le gustaría excederse de clemente ante un criminal confeso, porque el Macetón debería firmar una confesión en la que se incluyeran los nombres de sus cómplices. De otro modo, separar a los malos elementos de sus empleos para procesarlos podría resultar engorroso, si no es que hasta imposible.

Adalberto también tendría que buscar al Juez para conversar con él. Debía intentar que la condena fuera conmutada, de tal manera que su defendido no estuviera obligado a presentarse periódicamente para firmar. La libertad condi-

cional podría implicar una sentencia de muerte en este caso, porque podría ser emboscado. Cuando se denuncia a los compañeros, nunca falta algún justiciero anónimo que se encargue de recordarles a los demás que eso no se debe hacer. En especial porque éstos no serían los últimos policías criminales que cayeran. Por desgracia, quedarían todavía muchos más incrustados en un sistema que históricamente había fracasado en todos sus intentos por depurarse.

Sin embargo, lo primero es lo primero. Adalberto se dirigió a la oficina para comenzar a redactar el borrador de la confesión de Ramón Márquez. Quería llegar con algo tangible cuando lo fuera a visitar más tarde, ese mismo día. Era mucho lo que había logrado por la mañana, pero no valdría de nada si persistía la negativa de su defendido en delatar a sus cómplices.

Confiaba, sin embargo, en que si lo convencía de que el premio por decir la verdad sería quedar libre muy pronto, entonces podría conseguir que hablara. Se había cuidado de no enterarlo de que tenía una buena línea de defensa con la que muy posiblemente lograría ganar de cualquier manera, en especial si se tomaba en cuenta que la actuación del Ministerio Público no había sido precisamente brillante. No se lo había dicho porque ahora tenía prisa. Estaba a punto de lograr lo que en un principio aparecía tan improbable. Ganar. Y al ganar comenzaría a progresar en la vida. Tanto económicamente como en su profesión. Si se especializaba en defender criminales con casos difíciles haría una clientela abundante en poco tiempo. Por eso le urgía terminar en el menor tiempo posible; por lo mismo, estaba decidido a persuadir a Ramón Márquez de que confesara.

Capítulo 15

*S*omnoliento, el Macetón cabeceaba sentado a la sombra de uno de los muros del reclusorio. Casi no había dormido la noche anterior. Enterarse de que era el Negro quien lo había traicionado, no sólo una, sino dos veces al hilo, había mantenido su cabeza en estado de ebullición.

Mientras dejaba el tiempo correr seguía tramando su desquite. No decidía todavía cómo hacerlo, aunque estaba convencido de que el precio que su pareja debería pagar sería su vida. De una manera o de otra, lo encontraría. Dentro o fuera de los muros del penal. Eso no tenía importancia. Aprendería que con él no se jugaba. La deslealtad es el más grave de los crímenes y la única falta que él jamás había cometido. Por eso, siempre había esperado ser retribuido de la misma manera. Era un hombre de honor; la prueba estaba en que los demás no habían caído todavía porque él los había protegido, aun a costa de su propia libertad. Pero eso se había terminado. Sufrirían en carne propia el mismo castigo al que con tanta displicencia lo habían sometido

Más allá se encontraba el Atila, en su lugar de costumbre y atento a los acontecimientos, pero sin prisa. Algo que la prisión enseña, ciertamente, es a tener paciencia. Por eso, esperaba todavía que apareciera el abogado del Macetón. Ver que Adalberto llegara sería para él una nueva confirmación de su poder, y un recordatorio para los demás de su influencia más allá de ese encierro, que supuestamente los mantenía aislados del mundo exterior.

Por eso, cuando apareció uno de los custodios para llamar al Macetón a la sala de entrevistas, al Atila se le alcanzó a escapar una sonrisa, casi imperceptible, como síntoma inequívoco de la suficiencia con que operaba a pesar de su reclusión.

Volvería a comparecer esposado frente a su abogado. La instrucción había quedado asentada en su expediente y no cambiaría hasta que Adalberto lo solicitara, cosa que se había abstenido de hacer con toda intención. Al mantenerlo maniatado, le recordaba que él también ejercía cierto poder sobre él, y cada vez disfrutaba más de esa nueva sensación de superioridad que poco a poco se afianzaba en su interior. Cada vez dejaba un poco más atrás el comportamiento del tímido novato, cediendo el sitio al del litigante competente en el que ahora se percibía transformado.

Apegado a su reciente costumbre de dejar hablar primero al defensor, el Macetón se sentó para escuchar. Apenas había musitado un tímido saludo. Aunque sabía que en esta ocasión accedería a revelar los nombres de sus cómplices, primero escucharía lo que tenía que decirle su abogado. Un policía experimentado habla poco y escucha mucho, y él tenía ya sus buenos años de vuelo.

En la mirada de Adalberto se adivinaba el optimismo. El Macetón lo notó de inmediato, pero permaneció tan serio como siempre. Muy en el fondo, disfrutaba poniendo nervioso a ese joven enteco que lo representaba. Él también jugaba su juego de poder, y lo jugaba bien. Por eso le sostenía imperturbable la vista mientras lo escuchaba.

—Le traigo buenas noticias, don Ramón —inició por fin Adalberto—, a ver si con esto se anima a hablar.

Hizo una pausa esperando una respuesta, pero parecía que no lo hubiera escuchado. El rostro inexpresivo del Macetón parecía estar hecho de piedra. Ahora encontraba que le había resultado más fácil negociar con el Comandante o con el Ministerio Público, que con su defendido. Tuvo que continuar, porque alguien tenía que romper el silencio:

—Tuve una reunión esta mañana con algunas personas y les expuse su caso —siguió—. Estuvieron ahí su antiguo jefe, el Ministerio Público y el Jefe de la Unidad Antisecuestros, parece ser que están dispuestos a ayudarnos.

Hizo una nueva pausa. Por alguna razón, necesitaba percibir que su cliente reaccionaba, pero éste era más necio que él y se negaba a seguirle el juego. Estaba logrando ponerlo nervioso. Por lo visto, todavía no estaba tan grande como se sentía. El miedo amenazaba una vez más. Entonces, se esforzó por sobreponerse a su inseguridad y continuar.

—Esto es lo que conseguí. Si redactamos una confesión en la que se mencionen los nombres de sus tres cómplices, más la ubicación del deshuesadero en donde entregó el Mercedes, estará fuera en un año a lo sumo. Existe la posibilidad de que logremos que se conmute su condena y esté en la calle en lo que terminamos con el papeleo. En dos meses, si se da el caso.

Pero el Macetón seguía inmutable. A pesar de que la noticia lo hacía sentirse contento, ahora quería vencer en el juego. Estaba decidido a permanecer estoico tanto tiempo como pudiera. La competencia prometía divertirlo, y en ese lugar no abundaban las oportunidades de esparcimiento.

Adalberto comenzaba a desesperarse. No lograba leer en el rostro del Macetón una respuesta clara. Por momentos pensaba que no lo convencería de hablar, aunque el trato que le ofrecía era inmejorable. Si no accedía a una propuesta tan buena como ésta, lo obligaría a seguir con el juicio, que aunque sabía que tenía buenas oportunidades de ganar, le llevaría un tiempo mucho más largo y horas interminables de trabajo. Lo mejor para todos sería que aceptara de una buena vez.

Entonces recordó la llamada de esa mañana: la voz desconocida que le pidió que fuera a visitarlo ese mismo día. Casi lo había olvidado, pero ahora le regresaba. Si se había molestado en buscarlo, y vaya que eso no podía haber sido cosa sencilla, considerando el lugar en el que estaba, era porque tenía algo que decirle. Ese algo seguramente era lo que él estaba deseando escuchar. Por eso estaba jugando de esa manera. Ahora que lo comprendía, podría vencerlo en su juego.

El abogado se puso de pie y se despidió.

—Avíseme cuando tenga una respuesta —le dijo—, porque veo que no tiene problema para localizarme. Nada más que esta oferta expira mañana. Queda poco tiempo para que presentemos y tengo que preparar muchos documentos.

Ya abría la puerta para salir cuando la voz gruesa del Macetón por fin se dejó escuchar.

—Está bueno, licenciado. —Y eso fue todo lo que dijo.

Adalberto se dio la vuelta y le preguntó:

—¿Está bueno porque usted me buscará, o está bueno porque va a hablar?

—Está bueno, licenciado. Voy a hablar.

A partir de ese momento todo se volvería cuestión de trámites y papeleo. Obtener la confesión firmada de Ramón Márquez, conferenciar con el Juez, enterarse de que el Procurador estaba de acuerdo y hasta obtener la conmutación de la sentencia. La parte más difícil estaba resuelta. Las negociaciones habían resultado exitosas y muy convenientes para el prisionero; volver a las calles no debería ser más que cuestión de tiempo. Nada mal, en especial para un abogado novato e inseguro.

Cuando el Macetón regresó al interior del reclusorio, un poco más tarde, el Atila quiso verlo de inmediato. Necesitaba saber cómo habían ido las cosas con su abogado, porque si iba a salir en poco tiempo, tendría que prepararlo para lo que seguiría. Había sido reclutado y eso no se iba a terminar por el simple hecho de abandonar el edificio. Ahora formaría parte de su brazo en el exterior. Ése sería el pago por la protección que continuaría recibiendo mientras permaneciera encerrado.

Capítulo 16

Plateado, calmo y reluciente, el mar esperaba apacible el contacto del sol, que no tardaría en ahogarse en sus profundidades, justo por detrás del horizonte, para ser vencido una vez más hasta
la mañana siguiente.

Bajo la gran palapa que cobijaba el restaurantito, la mesa de lámina amenazaba con desvencijarse por el peso de las botellas vacías de cerveza. Los cuatro
hombres que se habían encargado de dar cuenta de ellas habían llegado casi cuatro horas atrás. "Nada más para comer y seguir adelante", había sido la idea, pero el fresco del lugar y lo relajante de la vista los había hecho olvidarse del reloj;
ahora charlaban con mayor volumen cada vez, sin preocuparse por el camino
que todavía tenían por recorrer.

Habían salido a la una de la tarde de Tepic, partiendo rumbo al Sur. Tenían
asuntos que atender en Colima, pero después de un par de horas de conducir
descubrieron que tenían hambre. Por eso se detuvieron en ese lugar, adelante de
Puerto Vallarta, porque ahí preparaban un pescado empapelado que no tenía
igual. Como el asunto que los llevaría más al Sur no tenía un horario fijo para
ser resuelto, se habían obsequiado un rato de solaz.

Pero el Macetón, que era uno de los cuatro, ya se sentía harto. No podía comprender cómo la gente de la costa bebía tanta cerveza. Él estaba acostumbrado
a las bebidas más fuertes, por eso le gustaba el Don Pedro. Sin embargo, desde
que andaba con ese grupo, ninguno quería compartir una botella con él, por lo que
terminaba por entrarle al parejo al espumoso brebaje, que bien que dejaba huella de su paso a través de las insaciables gargantas, porque todos lucían vientres
abultados.

Cuatro meses habían pasado desde su salida del reclusorio. Ya ni siquiera pensaba mucho en eso. El Atila lo había protegido bien los tres meses que le llevó
a su abogado ponerlo otra vez en circulación. Pagó también la multa que le abriría las puertas de la prisión, la fianza que garantizaría que regresara cada semana para firmar, que fue lo más que el Juez autorizó a final de cuentas. Después,

le puso suficiente dinero en la bolsa para llegar a Tepic y lo contrató como ga-tillero. Ahora tenía un salario fijo, mucho mejor que el que cobraba como po-licía y con menos obligaciones.

Adalberto también salió beneficiado. A pesar de haberse desempeñado como defensor de oficio en ese caso, había recibido una generosa propina del Atila, di-nero que ni siquiera había esperado obtener pero que fue el enganche para se-guir gestionando bajo su mando por una iguala mensual. El joven abogado aho-ra también recibía buena paga a cambio de poco trabajo, porque nada más le asignaban los asuntos sencillos. Para los asuntos delicados utilizaban despachos legales de mayor jerarquía, de esos que tienen contactos a niveles muy altos y re-suelven los asuntos más complejos como por arte de magia. Pero para él había sido un paso enorme poder establecer su propia práctica independiente. Ya no tendría que defender a más menesterosos ni vagabundos. Se había convertido en la envidia de sus compañeros de generación.

De sus cómplices en el trabajo del español, el Macetón no había sabido mu-cho. Los tres habían caído, pero fueron enviados a dos reclusorios diferentes a petición de Adalberto. También eso se había encargado de negociar. Lo hizo pa-ra evitarse conflictos él, y garantizar que su defendido no cometiera una tonte-ría tratando de tomar venganza desde adentro. Si su cliente no salía libre, él no habría triunfado en el asunto, a pesar de haber resuelto el juicio de manera im-pecable.

Tampoco había escuchado gran cosa de su familia. Había vuelto a casa ape-nas salió, pero estar ahí ya no le agradaba. Consuelo difícilmente le dirigía la pa-labra y sus hijos temían acercársele, todo porque su madre les había dicho que su padre era un criminal convicto del que no volverían a saber nada en mucho tiempo. Sorprendidos por su retorno imprevisto, no habían logrado aceptarlo otra vez. Sobre todo después de haberla golpeado aquella noche. A partir de en-tonces, ella dormía en la recámara de los niños cuando Ramón se quedaba en la casa, que fueron muy pocas veces.

Antes de emprender el camino hacia Tepic, tuvo que pasar por el cabaret de Neza para ver a Úrsula. Quizá fuera su última oportunidad para tenerla. En ese lugar, el tiempo no parecía haber pasado, con la sola excepción de algunas de las caras de las ficheras. Eso era lo normal. En su oficio se acostumbra cambiar de aires con frecuencia. Si la rubia a la que buscaba no hubiera estado ahí, no se habría sorprendido. Fue de cualquier manera porque sabía que, si no la encon-traba, no faltaría quién le dijera en donde trabajaba ahora. Siempre hay alguien al corriente de los hechos, bien dispuesto para dar esa clase de información.

Esta vez sí pagó porque saliera con él después de su último *show*. No era que llevara tanto dinero, sino que el Atila lo trató espléndidamente, dándole lo suficiente para hacer el viaje en avión. El Macetón no tuvo que pensarlo mucho para renunciar a tal comodidad a cambio de cumplir con su mayor anhelo. Total, no serían más que unas diez horas de carretera. A cambio, realizaría el sueño que durante algún tiempo había juzgado ya imposible. Ahora sabía que las cosas hay que hacerlas cuando se puede, porque el futuro es imprevisible. No le habría importado tener que ir hasta el extremo opuesto del mundo en autobús, de haber sido necesario.

Desaparecido el Sol tras el horizonte, la brisa hizo una pausa. Llegaba la hora que los mosquitos prefieren para salir de la maleza y los focos del restaurante los atraían por miles. El lugar había perdido su encanto, convirtiéndose en el albergue de una nube de insectos que forzaba a los comensales a palmearse el cuerpo y los brazos incesantemente. Era hora de marcharse.

Caminaron hasta la Suburban para continuar con su camino. El Macetón se acomodó en el asiento de en medio. Estaba pensativo.

Su función básica en la organización era de gatillero: combinación de soldado y sicario al servicio de un cártel de traficantes que operaba en la costa del Pacífico. Su encomienda, como la de los que lo acompañaban, era brindar protección a los jefes e intervenir cuando surgía alguna diferencia de índole comercial con los clientes o los proveedores, garantizando que cada trato fuera respetado cabalmente por todos los involucrados. También incluía el compromiso de caer antes que ninguno de los de más arriba. Así era la ley.

La lealtad que había demostrado en otro tiempo hacia sus cómplices fue lo que convenció al Atila para recomendarlo. Como su palabra era de gran peso en las decisiones, no dudaron en incorporarlo. No en balde era uno de los capitanes del cártel, a quien, aunque había caído en prisión, la justicia mexicana no había conseguido relacionar con las operaciones de narcotráfico en la Costa Grande. Por eso no estaba en un penal de máxima seguridad y con la ayuda de los poderosos abogados al servicio de la organización, pronto estaría afuera otra vez.

Ya en marcha, no se detendrían más que para cargar combustible y en los retenes montados por el ejército, de los que deberían pasar cuando menos dos, que eran fijos. Podrían toparse también con alguna volanta, especie de retén flotante, que los obligaría a parar una vez más; seguramente que los revisarían aún más a fondo. Por eso, en esta ocasión viajaban desarmados. Así no tendrían problemas.

Cuando pararon en el primer retén, el Macetón tuvo que reprimir su nerviosismo. Para esos momentos suponía que ya sería buscado por violar su libertad condicional. Apenas le había pagado al oficial a cargo la mordida por las firmas de diez semanas adelantadas, que ya se habían cumplido hacía cinco, y había quedado de volver para pagarle por otras diez. Pero entre que lo habían tenido ocupado y que no había tenido el dinero, había omitido presentarse. La mordida también tiene su ética. Al recibir esa mexicanísima variedad del soborno, el oficial se comprometió a respetar el trato según lo pactado. Pero no le quedó obligación alguna de abstenerse en aplicar la sanción evadida una vez caducado el plazo que se compró. Con algo de suerte, quizá lo habría aguantado un par de semanas más, pero no dudaba que ya estaría reportado su incumplimiento para ese momento. Quizá se hubiera girado una nueva orden de presentación en su contra, aunque de ser así, esa información difícilmente habría llegado hasta los retenes militares. Aun así, cada vez que cruzaban alguno, se ponía en alerta.

Cuando llegaron por fin a la ciudad de Colima, ya eran las tres y media de la mañana. Las calles estaban desiertas y nada se movía. El conductor no tuvo problemas para encontrar la dirección que buscaban. Era fácil adivinar que había estado antes por ahí. La casa, ubicada al Norte de la ciudad, lucía deshabitada. Se pararon justo en la puerta y bajaron de la Suburban.

El Manotas, jefe de la partida, sacó una moneda de su bolsillo y golpeó con el canto la lámina de la puerta. Del fondo se escuchó a alguien responder al llamado y entonces se identificó. Momentos después, un adormilado velador les franqueaba el paso.

—¿Dónde las tienes? —preguntó el Manotas sin perder tiempo.

—Arriba, en el cuarto del fondo —respondió reprimiendo un bostezo—. Agarren lo que necesiten y se van pronto. No tarda en aparecerse la gente en la calle.

En el cuarto referido se almacenaba un verdadero arsenal. Rifles de asalto AK-47, subametralladoras de nueve milímetros de varias marcas y cuando menos unas quince pistolas, amén de miles de cartuchos. Era una casa de seguridad del cártel, de ésas que usaban para almacenar tanto sus armas como sus embarques cuando tenían que enfriarlos por algunos días. Por eso, el vigilante no quería llamar la atención. Él tan solo aparentaría vivir ahí durante el tiempo que siguieran usando ese sitio, que no sería muy largo. En ese negocio no puede uno arraigarse.

El Manotas echó una ojeada rápida y llamó de un grito al velador.

—¿Cuáles están calientes? —le preguntó en cuanto se asomó, todavía envuelto en una manta.

—Nada más las pistolas en esa caja —repuso señalando hacia una esquina—, lo demás es nuevo. Ésas las trajeron que porque eran de los Martínez. Se las quitaron a los muertitos la última vez.

—Ya oyeron —se dirigió a los demás—. Escojan de ahí, porque las vamos a tirar terminando.

Los siguientes minutos los pasaron revisando una por una las pistolas de la caja, hasta haber encontrado cada quien alguna que le satisficiera. Era importante usar armas ajenas, que era la mejor manera de tapar sus huellas cuando hubieran cumplido con el trabajo. Si alguien pretendía rastrearlas, lo llevarían en la dirección equivocada. Simple procedimiento.

—Nada más agarren lo que vayan a tronar —advirtió el Manotas cuando ya todos estaban armados—. Nos vamos a regresar encuerados, justo como llegamos. Ni una bala nos vamos a llevar de vuelta a Tepic. ¡Y échenle! Porque nos gana el tiempo.

Un cuarto de hora más tarde abordaban la Suburban y partían rumbo al Norte, hacia Comala, a unos veinte minutos de camino. Ése sería su destino final.

Poco antes de llegar detuvieron la marcha, en un lugar discreto. Debían quitarle las placas al vehículo por si alguien atinaba a reconocerlo. La Suburban estaba derecha, no querían que pudiera ser rastreada. Por el color sería difícil reconocerla, ya que había muchas parecidas por ahí.

Entraron en Comala y se estacionaron en una calle de las afueras. Estaban a buen tiempo. Lo único que hacía falta era aguardar.

Casi daban las siete cuando a unos cien metros adelante se abrió un zaguán. De una casa que no aparentaba mucho, rodó despacio hacia el exterior una camioneta pick up nueva. El hombre que la conducía se apeó para cerrar el garaje. Entonces se pusieron en movimiento. Despacio, para no hacerse notar antes de tiempo. Debían esperar hasta que se subiera de nuevo antes de actuar. Ése sería el momento en el que quedaría indefenso, justo a su merced, como pretendían sorprenderlo.

La Suburban se detuvo justo detrás de la pick up, impidiéndole el paso, y tres de los sicarios se bajaron al mismo tiempo. Nada más el conductor se mantuvo en su puesto.

El hombre de la camioneta no tuvo tiempo de notar lo que sucedía a su alrededor. Para cuando vio la primera arma apuntándole, los cristales comenzaron a volar hechos añicos, mientras las tres pistolas descargaban al mismo tiempo. Vaciaron las cargas completas. Treinta y cinco disparos en total. Cuando parecía que habían terminado, el Manotas le pidió la suya al conductor y también ésa la vació sobre el cuerpo inerte de su víctima. Así era su costumbre. Es de mala suerte no acabarse todas las balas cuando se ejecuta a alguien, y él era un hombre supersticioso.

Cuando terminaron, no quedaba una sola puerta o alguna ventana abiertas en la calle. Si algún peatón había estado en la acera, había desaparecido al primer disparo: nadie se asomaba. Los gatilleros subieron a la Suburban y se alejaron. Ni rápido ni despacio. ¿Para qué llamar la atención si no hacía falta? Buscarían un lugar apartado para volver a ponerle las placas al vehículo y abandonar las pistolas. Después de eso, de regreso a Tepic. Quizá con una nueva escala en aquel restaurantito playero en donde servían tan buen pescado empapelado, y, ¿por qué no?, también unas cuantas cervezas más. De ésas que sólo se venden en la Costa Grande y que llevan el mismo nombre que el océano que baña sus playas. El ajuste de cuentas estaba cumplido. Así es la ley entre los narcotraficantes.

El Macetón ni siquiera sabía por qué habían ajusticiado a ese hombre, pero entendía que no debería preguntar. Él no estaba de consejero, sino de gatillero. Ése era su nuevo trabajo, el que en un principio había dudado en aceptar, pero que era la única opción viable por el momento. Después de todo, no sabía hacer cosa diferente. Desde sus días en la escuela no había hecho nada más. Obtuvo su certificado de preparatoria amenazando a los maestros y llevándose bien con los "porros", que lo respetaban por su inmenso tamaño. Luego entró a la Policía Judicial de "madrina", de golpeador a sueldo por cuenta del gobierno, aunque después, con el correr del tiempo, lo hubieran obligado a tomar muchos cursos. Eso nada más había sido una formalidad. Todos terminaban por aprobar los exámenes, así no podrían separarlo de la corporación hasta que diera un buen motivo, que se tardó quince años en proporcionarles.

Para él, ahora se trataba de esa chamba que le había conseguido el Atila o nada. Había aceptado el empleo a sabiendas de que tarde o temprano tendría que cargarse a alguien, como había sucedido apenas unos momentos antes. Había lastimado a muchos a lo largo de su vida, aunque ésta era la primera vez que asesinaba. Por eso había ido serio durante el camino, porque no sabía cómo se iba a sentir después de haberlo hecho. Ahora ya había sucedido. Y él, tan tranquilo como antes. Si ni siquiera había sido el único en disparar. Era como tirarle a un bulto inerte. La sangre no lo había impresionado. Nunca lo había hecho antes y tampoco en esta ocasión. Se sentía como siempre. Quizá hasta un poco más tranquilo, porque ya tenía su respuesta. Cuando tuviera que llevarse a otro por delante, ya no lo dudaría. Sabía que era inmune al remordimiento y a la compasión. No en balde, el médico del reclusorio había catalogado su perfil psicológico como "marcadamente psicopático".

Capítulo 17

O chenta pares de ojos miraban extasiados. Por algo era Úrsula la estrella del *show*. Apenas bailaba su primer número y por eso seguía con la ropa puesta. Así era la costumbre. Primero con ropa; después, durante la segunda pieza, poco a poco iría descubriendo sus encantos hasta quedar totalmente desnuda. Justo para cuando la música se terminara. Entonces desaparecería, como siempre, tras las cortinas, para ser entregada por la mano del capitán poco después en la mesa en la que fichaba. De esa manera, nadie intentaría interferir en su camino de regreso a cumplir con el compromiso previamente adquirido.

Aunque se había cambiado de cabaret apenas un mes atrás, el método ahí era el mismo que en casi todos los demás, y el Macetón no tuvo ningún problema para adaptarse. La única diferencia era que este lugar resultaba algo más caro que el anterior. Lo mismo las bebidas que los servicios de las muchachas. A cambio, presumía de tener mayor categoría, y las mujeres estaban mejor escogidas.

En esta ocasión, compartía la mesa con el Manotas. Habían viajado a la Ciudad de México de negocios por primera vez desde que se mudó a Tepic, y no dejaría pasar la oportunidad de tener a Úrsula, su musa y amor imposible, una segunda vez. Todavía guardaba las memorias de aquella primera vez en un lugar muy especial, del que las rescataba para hacerle compañía cuando se sentía nostálgico.

Neza era un lugar en el que se podía sentir tranquilo. Después de todo, a pesar de formar en el mapa una mancha continua con la Ciudad de México, era otra entidad. Ahí era Estado de México; las leyes y las fuerzas de la ley eran distintas. Él había sido juzgado y sentenciado por las leyes del Distrito Federal; por lo mismo, la violación de su condena condicional difícilmente sería perseguida fuera de éste. Eso le ayudaba a olvidarse por momentos de todas las veces que había omitido presentarse a firmar. De hecho, tenía pensado pedirle al Manotas que pasara por esa oficina para averiguar qué había resultado de sus ausencias. A lo mejor todavía podría arreglarse con el oficial.

Por el momento quería perderse en el cuerpo contorsionante de la rubia; eso desplazaba a cualquier otro pensamiento de su cabeza. Mientras contemplaba los sensuales y provocativos movimientos de su musa, de su memoria desaparecía cualquier otro recuerdo. No había lugar en esos instantes para pensar en aquel hombre al que habían acribillado a tiros en una pick up, justo a las puertas de su casa, o en los dos que le siguieron. Un comandante de la Policía Judicial del Estado de Nayarit que no se había sometido a los jefes del cártel, y un distribuidor de poca monta que había incumplido con un par de pagos. Eso, además de ser historia, era trabajo, y no había ido a ese lugar para pensar en su trabajo.

Cumplir con la encomienda que los había llevado a la capital había sido cosa sencilla. Se trataba de entregar un paquete cargado de efectivo a un funcionario de nivel intermedio del gobierno federal, lo que aseguraría al cártel que la ruta del siguiente embarque estuviera despejada. Lo habían hecho sin contratiempos, y además volverían a Tepic hasta la tarde siguiente. Por eso habían buscado algo de diversión. Total, ya tendrían tiempo para dormir antes de irse al aeropuerto.

Cerca de las cuatro de la mañana, el Macetón salió del cabaret con Úrsula del brazo. Había varios taxis esperando afuera. Los ruleteros que trabajan de noche conocen bien el movimiento en esos lugares: siempre hay modo de conseguir transporte. El Manotas se fue por su cuenta. No estaba acostumbrado a pagar precios como los de esa velada, que eran casi lo doble que lo que costaba el centro nocturno que frecuentaba en Tepic. Prefirió reservarse. Bastante cara había resultado la cuenta de por sí.

El Macetón veía las cosas desde una óptica diferente. Quizá ésta sería la última vez que pudiera tener a la despampanante rubia. Habría pagado lo que fuera con tal de hacerlo, incluido el costo de ese hotel al que Úrsula insistiría que fueran. Era el mismo al que llevaba a todos sus clientes, cuando los había. Ahí se sentía segura porque ya la conocían, además de que le devolvían una comisión al salir. Así lo tenía pactado de tiempo atrás.

Para Úrsula, entrar en la habitación y salir sería cosa de una hora más o menos. Eso era lo que ella le vendía a su cliente cada vez, y estaría en él hacerlo rendir. El Macetón lo sabía bien. Por eso se puso en acción de inmediato. Ya la había tenido junto muchas horas como para andarse todavía por las ramas. Mientras no estuvo en escena, permaneció sentada a su lado, y él no había parado de pasearle las manos por todo el cuerpo, una y otra vez. Él estaba listo. Por eso, la desvistió en cuanto la puerta quedó cerrada y la llevó a la cama, para montarla como un animal desesperado. Su desenfreno llevó implícito el resultado, porque apenas unos cuantos minutos después ya había terminado y la suma del cansancio del día, el efecto de las copas y la energía derrochada en su breve acto de alivio, más que de pasión, lo hizo quedarse dormido casi de inmediato.

La rubia sabía que eso era de esperarse. Sucedía con frecuencia. En especial en su caso, pues cuando salía con algún cliente, éste ya llevaba muchas horas de beber sumadas a la desvelada. Era común que se quedaran dormidos aun antes de llegar al sexo. Para cualquiera de ellos, sacarla del cabaret y meterla en un cuarto de hotel era un premio por sí solo. La demostración pura del poder del macho que se impone sobre la voluntad de la hembra. Un acto de supremacía animal, más que ninguna otra cosa. A ella no sólo no le molestaba, sino que le convenía. Siempre es mejor llevarse el dinero a cambio de menos trabajo. Cuando volviera a encontrarse con ese cliente, lo haría sentir como que había sido mucho hombre. Así podría volver a sacarle unos pesos. Cuando se le quedaban dormidos antes de hacerlo, no tardaban en regresar y pagar otra vez para llevársela de nuevo. Por alguna razón, que no le resultaba del todo comprensible, siempre tenían que terminar con lo que habían dejado inconcluso.

Aun así, esperó a que la hora completa hubiera transcurrido antes de marcharse. Era de elemental ética profesional permanecer en el cuarto, aunque su cliente hubiera comenzado a roncar y fuera fácil adivinar que no despertaría pronto. Además, si salía sola, desde la recepción del hotel llamarían a la habitación para verificar que todo estuviera en orden. Entonces, el Macetón se daría cuenta de que se había ido antes de tiempo. Tal política de ese establecimiento había sido dispuesta para proteger a sus huéspedes. A veces se daba el caso de que alguna mujer robara al hombre con el que había llegado porque éste se había quedado dormido.

Tal como Úrsula lo había previsto, cuando pasó por la recepción del hotel para recoger su comisión, el empleado marcó a la habitación. El Macetón seguía profundamente dormido, por lo que el timbre del teléfono sonó varias veces antes de que su voz gruesa y adormilada respondiera la llamada. Cuando le preguntaron si era correcto que se marchara la señorita, nada más consultó su reloj. Su hora había pasado. Entonces, consintió con un gruñido y volvió a poner la cabeza sobre la almohada. Él sí aprovecharía para dormir un poco más. Prefería estar solo en ese hotel que compartir la habitación del otro con el Manotas. Se quedaría hasta media mañana y luego se marcharía para encontrarlo. Todavía sería buena hora para pedirle que averiguara en qué condiciones estaba el asunto de las firmas en el reclusorio.

Capítulo **18**

Cuando el Macetón tocó a la puerta de la habitación, ya eran más de las doce. Se había tomado su tiempo para regresar a donde el Manotas. Aprovechó para darse un largo baño en ese hotel en el que Úrsula lo había abandonado; después fue a desayunar fritangas. Extrañaba la comida de las calles de la ciudad, de la que durante tantos años dependió. Allá en Tepic también había puestos en las aceras, pero no ofrecían las mismas cosas. Por eso no dejó pasar la oportunidad de despacharse unos buenos tacos surtidos en su expendio favorito.

—Creí que ya no llegabas —lo recibió el Manotas—. Pos qué, ¿a poco hasta ahorita estuviste con la güerota? —agregó con cierto dejo de envidia en la voz.

No le faltaron las ganas de mentirle en respuesta, pero mejor optó por dejarlo a su imaginación.

—¿Tú qué crees? —repuso, aunque esbozando una ligera sonrisa.

Así no tendría que entrar en detalles. Jamás le confesaría que se había quedado dormido después de unos cuantos minutos; no tenía ganas de pensar en cómo adornar su historia. Mejor le diría lo que traía en la mente, porque apenas alcanzaría el tiempo para llevar a cabo sus planes si lograba convencerlo de ayudarle.

—Necesito que me hagas un favor —continuó—. Ya sabes que se supone que tengo que firmar cada semana, pero ya debo muchas firmas. ¿Puedes ir a preguntar cómo está mi asunto?

Al Manotas no le hizo gracia la idea. Eso de acercarse tanto a la ley no le parecía muy recomendable. Sobre todo, si se trataba de ir al reclusorio para hacer preguntas sobre un convicto, que de haber sido reportado, podría estar en calidad de evadido. Sin embargo, sabía también que debería ayudarlo. A la larga, los dos estarían más tranquilos, ya que pasaban muchas horas acompañándose.

Pero lo que el Manotas ignoraba era que al Macetón ya llevaban largo rato buscándolo. Para los amigos del Caguamo, el ex policía delator había estado en la mira desde que salió. Y vaya que tenía muchos amigos el ex agente de la Uni-

121

dad Antisecuestros. La mayoría porque eran policías leales, que aún creían en su inocencia y pensaban que su compañero había sido utilizado como chivo expiatorio por un secuestrador para comprar su libertad. Para otros, porque habían cometido más de un atropello en su compañía y sabían que el delator debía caer para obrar como ejemplo. A nadie le gustan los chismosos. Menos todavía si se trabaja en un oficio en el que la línea que separa la legalidad del delito es tenue.

Por eso, unos buscaban al Macetón para ingresarlo de nueva cuenta en el reclusorio, por haber violado su condena condicional; otros más, con la esperanza de que opusiera resistencia, dándoles así el pretexto para eliminarlo en el acto.

El oficial ante el que debería firmar había sido puesto en alerta. A algunos no les gustó descubrir que lo dejó adelantar las visitas de diez semanas. Ésos eran precisamente los que lo buscaban para liquidarlo y habían averiguado qué días debería asistir al reclusorio para cumplir con la formalidad de presentarse. Lo habían esperado la undécima semana, pero no llegó. A partir de entonces, se habían encargado de correr la voz de que estaba prófugo pues así serían cientos los que estarían pendientes de localizarlo. Si andaba cerca, lo encontrarían. Pero el tiempo había pasado y del Macetón no se sabía nada.

Algo no le vibraba bien al Manotas mientras viajaba en el taxi con rumbo al reclusorio. Tenía una sensación extraña respecto de lo que iba a hacer. Se sentía intranquilo y el cuerpo le picaba; cuando eso le sucedía, siempre era presagio de problemas. En su oficio, un buen instinto es un recurso indispensable; ahora su instinto le decía que debería desistir. Por eso no se bajó del auto cuando llegó a su destino. Mejor le dijo al chofer que arrancara rumbo al aeropuerto. Había hecho lo que el Macetón le había pedido. Ir al reclusorio. Pero una fuerza inexplicable lo compelía a abortar la misión; él creía cabalmente en esas cosas. Era un hombre que había comprobado más de una vez que las supersticiones funcionan y no estaba dispuesto a tomar un riesgo si sentía ese escozor, que cada vez se volvía más intenso, corriendo a lo largo de su anatomía.

Mientras tanto, sin otra cosa mejor que hacer, el Macetón decidió pasar por su casa. Era buena hora. Los boletos que tenían eran para el vuelo de las seis y media de Aeromar. Todavía les quedaba algún tiempo del cual disponer.

No había pensado mucho en sus hijos o en Consuelo durante las semanas recientes. La fría recepción de la que fue objeto cuando abandonó el reclusorio se encargó de apagar cualquier sentimiento que hubiera albergado hasta entonces por su familia. En un principio se había sentido extraño. Siempre creyó que quería a sus dos vástagos. Sin embargo, una vez que los percibió lejanos de él, tanto en cuerpo como en espíritu, se apartaron de sus pensamientos casi sin que se diera cuenta. Pero hoy tenía algunas horas libres y su recuerdo volvía a hacerse presente. Quizá las cosas hubieran cambiado y lo verían de mejor manera. De ser así, incluso les dejaría algún dinero, porque de un tiempo a la fecha el efectivo no le había faltado y llevaba los bolsillos llenos.

Imaginar que recibiría una buena acogida lo puso de mejor humor. Por momentos se sentía optimista, cosa rara en él, que había convertido el deprimirse en un entretenimiento que por momentos llegaba a disfrutar. Sólo cuando sufría una crisis depresiva meditaba, aunque al final siempre llegaba a la misma conclusión. Si su vida no iba por buen camino, no había sido por su culpa. Cada vez había sido la mala suerte la responsable de sus desgracias.

En el camino, le pidió al taxista que se detuviera en una juguetería. Sería una cosa buena llevarles regalos a los niños. A lo mejor así les daría gusto verlo otra vez. Les compraría algo muy caro y que estuviera de moda para no fallar. Si se trataba de algo costoso, seguramente todavía no lo tendrían, porque él no había enviado un solo centavo a casa desde hacía cuando menos diez semanas. Consuelo debería estar apretada de dinero.

Cuando el taxi dobló en la esquina para llegar, alcanzó a ver a sus hijos que entraban con las mochilas al hombro. Regresaban de la escuela. Estaba justo a tiempo y verlos de lejos lo hizo sentirse bien. Nada más faltaría que no corrieran para ocultarse de él como sucedió aquella vez.

Despidió al chofer y timbró. Había perdido sus llaves para entrar cuando cayó en prisión y no se ocupó de hacerse otras en los pocos días que estuvo por ahí después de salir. No tenía caso, si se iba a marchar de la ciudad. En esos tiempos no le sobraba el efectivo como ahora.

Consuelo abrió la puerta y se quedó impávida. Su marido era a quien menos esperaba ver. Por lo visto, estaba destinada a ser sorprendida por él cada vez. Era la tercera ocasión en la que llegaba sin anunciarse en tiempos recientes, desde que la encontró en la cama con otro hombre; aquella primera vez se había incubado en ella un miedo irracional por su presencia. No supo qué hacer, nada más lo dejó entrar sin poder articular palabra.

El Macetón también se quedó en silencio, con los ojos clavados en los de ella, que no los soportó por mucho tiempo. No tardó en bajarlos y apartarse para que entrara. En seguida comprendió que algo no marchaba bien. Sus años de policía le habían enseñado muchas cosas, entre tantas otras que cuando alguien rehúye la mirada es porque alguna cosa oculta. Intuía que Consuelo se traía algo, pero no adivinaba qué aunque, si era importante, ya saldría a relucir. Por lo pronto, entró sin dirigirle la palabra.

Ramoncito y Rodrigo estaban sentados a la mesa. Así los tenía acostumbrados Consuelo. En cuanto llegaban de la escuela les servía de comer, aunque en esta ocasión todavía esperaban a que su madre pusiera algo en los platos. El sonido del timbre de la casa la había interrumpido demasiado pronto, apartándola de la estufa cuando se disponía a hacerlo.

—Hola, hijos. Miren lo que les traje —saludó a los niños suavizando su voz gruesa.

Los pequeños se quedaron congelados. No sabían qué hacer. Por una parte, estaba el miedo que su madre se había encargado de cultivar en ellos hacia su padre; por la otra, la sonrisa con la que los saludaba, acompañada por la promesa de recibir un regalo.

Rodrigo, el menor de los dos, fue el primero en sobreponerse. Se puso en pie de un salto y corrió cerca del Macetón, que le puso una mano sobre la cabeza con suavidad mientras lo dejaba espiar en la bolsa que colgaba de la otra.

—¡Un *X-Box*! —exclamó exaltado, en cuanto reconoció la caja negra con letras verdes.

Ramoncito no pudo contenerse más. También se levantó y corrió para ver el regalo. Eso que su padre les llevaba era lo máximo. Lo actual y que ya muchos de sus amigos tenían, pero que su madre les había dicho que no podría comprarles. Un sueño hecho realidad.

Por lo visto, había interrumpido la comida y no sería fácil volver a sentarlos a la mesa. Contemplar la alegría de sus hijos lo hizo pensar que, a pesar de sus dudas, sí los quería. Lo que sucedía era que no tenía ningún problema para enterrar sus sentimientos cuando así le convenía. Por eso, podía darse el lujo de no extrañarlos cuando no estaban cerca de él.

Si alguna duda había tenido antes de llegar, ahora quedaba disipada. Estaba decidido. Le dejaría algún dinero a Consuelo y le volvería a mandar una cantidad periódicamente. Sus pequeños se lo merecían.

Los dos infantes pegaron la carrera hacia el televisor. Les urgía conectar el videojuego que acababan de recibir. En el camino pasaron junto a su madre, que se había quedado de pie, en la puerta de la cocina, contemplando la escena sin saber qué pensar. Pero la apurada salida de sus críos la animó a hablar por fin.

—¿Por qué ya no has mandado dinero? —comenzó con tono agresivo—, ¿de qué crees que vamos a vivir?

El Macetón se quedó mirándola por un momento. Por lo visto eso era lo único que le importaba. El dinero. Ni siquiera le había preguntado cómo estaba o en dónde vivía. Nada más le reclamó que no le había mandado dinero y se había vuelto a quedar callada. Peor para ella. Por unos instantes había cruzado por su mente la idea de perdonarle su engaño y regresar. Lo pensó mientras miraba a sus hijos. Pero ahora se daba cuenta de que la situación no tenía remedio. A ella sólo le importaba lo que necesitaba recibir y no lo que debía dar. Ni estando loco la perdonaría.

—¿Eso es todo? —contestó por fin—, ¿el dinero? ¿Ni cómo estás ni en dónde vives? Nada más el dinero. Eso es todo lo que te preocupa.

—¡Pues tus hijos no viven de aire! —reclamó airada—, y a mí ya no me queda nada qué vender ni a quién pedirle prestado. Nos vamos a morir de hambre esperando a que te dignes regresar. No porque les traes un regalo caro, de repente, las cosas ya se arreglaron.

En eso tenía razón. Podía entender lo que Consuelo le decía. Él mismo lo sabía, y lo sabía bien, aunque había dejado pasar el tiempo a propósito para ponerla en esa situación. Comprendía desde antes que el único valor que podría tener para ella sería el de ser su proveedor, por eso la había dejado así, sin nada, para que cuando estuviera de vuelta tuviera que mostrar algún aprecio por lo que recibía. Sólo de esa manera lograría ejercer algún control sobre ella.

Ya no le contestó. No tenía ganas de pelear. Mejor se fue a sentar con sus hijos para ver cómo funcionaba ese juguete que tanto los había alborotado. No estaría en la casa mucho tiempo; a los que en verdad deseaba ver era a ellos.

Consuelo se quedó en la cocina tratando de decidir qué sería lo mejor. Su situación económica se había vuelto desesperada; por lo mismo, había pedido consejo a diestra y siniestra, y los había recibido de todas clases. Cuando Ramón cayó en prisión, lo primero que le dijeron era que debería divorciarse. Estando él preso era simple cuestión de trámites. Pero ella no se había atrevido a hacerlo. Estaba el asunto de su infidelidad y temía que se revirtiera el caso, perdiendo ella sus derechos tras haber cometido adulterio. A pesar de que le habían asegurado que el derecho de su marido de utilizar ese desliz en su contra había prescrito tras unos meses, ella nunca se atrevió a actuar.

Recientemente había acudido a la oficina de trabajo social en busca de consejo; en ese lugar recibió buena acogida. Su caso era uno de los más comunes. Seguía casada y su marido había abandonado el hogar. Ahora estaba en posición de exigir; para comenzar, se había abierto un expediente en el que se asentaba que Ramón había incumplido con su obligación de proporcionarles alimentos.

El omiso debería presentarse para declarar y exponer sus motivos, pero como se encontraba en calidad de ilocalizable, después de unas semanas obtuvo una orden de presentación. Si lo encontraba, podría valerse del auxilio de la fuerza pública para desahogar el procedimiento pendiente. Sería obligado a declarar en dónde vivía y le sería fijada una pensión alimenticia, que debería entregar puntualmente cada mes.

Mientras miraba a su marido entretenerse con los niños, intentaba decidir cuál sería el mejor camino. Después de mucho tiempo, él por fin se había aparecido, pero hasta el momento no le había ofrecido nada a ella. Ni siquiera sabía si se quedaría o si le dejaría algún dinero y temía preguntarle. Había notado su malestar cuando le reclamó minutos antes, y si regresaba al tema, podría ponerse violento. Ya había probado una vez el peso de su mano y no quería volverlo a sentir.

Lo mejor sería pedir consejo una vez más. Necesitaba hacer un par de llamadas, pero no las haría desde allí pues Ramón podría escucharla. Sería mejor recurrir al auxilio de la vecina. Ella la dejaría telefonear desde su casa, así él no se enteraría. Sería mejor darse prisa; no podía adivinar cuánto tiempo permanecería su esposo todavía por ahí.

Cuando el Macetón notó que Consuelo salía, comprendió de inmediato que algo no marchaba bien. Estaba pendiente todavía el reporte del Manotas sobre el asunto de su libertad condicional. Si ya era buscado, lo más probable era que hubieran pasado por la casa para preguntarle a su mujer si lo había visto. De ser así, ella ya lo sabría y podría haber salido para denunciar su presencia. Aunque no le sonaba muy lógico, era posible, a pesar de que era obvio que le resultaba más útil en libertad que en prisión. Si volvían a encerrarlo, no podría mandarle ninguna cantidad de dinero, o casi ninguna, porque sólo le permitirían enviarle el dinero que ganara lícitamente mientras estuviera en prisión, el cual no podía ser mucho.

Pero su mujer no sabía ni una sola palabra sobre su libertad condicional violada. Lo que sí sabía era que podía pedir el auxilio de la fuerza pública para obligarlo a presentarse en la oficina de trabajo social. Y conocía a muchos policías. Llevaba años tratando con ellos. Amigos y ex compañeros de su marido. Lo que pretendía era llamar a alguno de su confianza para que le ayudara a forzar a Ramón a presentarse. Nada más deseaba garantizarse una pensión para ella y los niños; en el fondo, lo que pretendía era justo. Ni siquiera pensaba que estuviera traicionándolo al hacerlo. No más de lo que él los traicionaba al abandonarlos a su suerte.

Pero, mientras el Macetón no estuviera seguro de lo que sucedía, lo mejor para él era actuar con prudencia. Lo más inteligente en ese momento sería marcharse y así lo hizo.

Se despidió de sus hijos, aunque les prometió que volvería pronto. Les dijo que debía tomar un vuelo para el que ya iba retrasado. De su bolsillo sacó un grueso rollo de billetes y separó una cantidad generosa, que puso en un cajón de la cocina. Consuelo los encontraría pronto. Eso ayudaría a que se calmara un poco. Ya estando más tranquila, podría hablar con ella. Necesitaba saber lo que su mujer sabía, al mismo tiempo que demostrarle que lo mejor para todos era que él siguiera en libertad, lo que quedaría comprobado una vez que contara el dinero que le había dejado. Pero lo primero era marcharse de inmediato. Las cosas podían salirse de control si se quedaba. La llamaría por teléfono desde Tepic para llegar a un arreglo.

penas daban las tres cuando el Macetón se bajó del taxi enfrente del aeropuerto. Aún faltaban tres horas y media para que saliera su vuelo, pero había quedado de verse con el Manotas en uno de los restaurantes para comer y quizá también tomarse unas copas.

La sospechosa salida de Consuelo todavía lo tenía pensativo, pero todo lo que podía hacer era tratar de adivinar. Le faltaba mucha información para comprender el porqué de su discreta huida. Por suerte, el Manotas le ayudaría a aclarar algunas cosas, porque seguramente ya estaría esperándolo con el resultado de las indagaciones sobre su libertad condicional.

En efecto, cuando llegó al restaurante, el Manotas ya lo esperaba. Para pasar el tiempo daba cuenta de un grueso corte de carne a grandes bocados, que se ayudaba a pasar a fuerza de tragos de cerveza. El Macetón se sentó a la mesa y lo dejó terminar antes de entrar en tema. No tenía caso interrumpirlo. En vez de eso, se hizo llevar otro trozo de carne igual al que ya casi desaparecía del plato de enfrente, pero él lo acompañaría con una cuba de Don Pedro. Ya se vería forzado a beber cerveza otra vez cuando estuviera de regreso en Tepic.

—¿Y qué pasó? —le preguntó al Manotas cuando su plato quedó vacío.

—Nada —respondió secamente.

—¿Cómo que nada? —alegó extrañado el Macetón.

—Que no llegué hasta la oficina que me dijiste —explicó—. Algo no me vibró bien cuando ya estaba enfrente y mejor me seguí. Ya llevo casi dos horas esperándote.

Nada. Eso era lo que había averiguado. Mientras tanto, él seguiría en las mismas. Entre que cortaba su carne y la masticaba, seguía pensando en la salida de Consuelo, porque no quedaba contento con ninguna de las explicaciones que se inventaba.

No podía quedar contento porque no entendía lo suficiente. Ignoraba que su mujer pretendía obtener de él una pensión y los pasos que ya había dado para lograrlo. Que cuando salió, lo hizo con el fin de pedir ayuda para que lo detuvieran, pero no porque deseara encarcelarlo, sino para presentarlo ante la autoridad y así comprometerlo a enviarle dinero cada mes sin falta.

También ignoraba que ya lo buscaban, no unos cuantos, sino casi todos los ex compañeros que lo conocían. Peor aún, tampoco Consuelo sabía nada al respecto, por lo que cuando tomó el teléfono para pedirle ayuda al policía de sus confianzas, lo que en realidad hizo fue delatar la presencia del Macetón. Por eso no tardaron en presentarse tres agentes de la Policía Judicial del Distrito Federal en su casa. Ella, cándidamente, pensó que habían acudido con tal presteza como una atención, porque era su amigo a quien había llamado.

Ninguno de los tres agentes hizo por desengañarla. Sería más fácil que les ayudara a encontrar al Macetón si pensaba que lo hacía para su propio beneficio. Maliciosamente evitaron informarle que ya lo buscaban desde hacía varias semanas para recluirlo de nueva cuenta. Como ella estaba convencida de que lo hacían por ayudarla, también interrogó a los niños.

Los niños sí sabían en dónde estaba. Lo sabían porque él mismo se los dijo antes de irse. Que tenía que tomar un vuelo. Que, aunque no les dijo con qué destino, cuando menos dejaba adivinar que había salido hacia el aeropuerto.

Eso era suficiente. Ya estaban tras la pista. Todo sería cuestión de moverse con rapidez y pedir apoyo, desde luego, porque era mucho el espacio que tendrían que cubrir para encontrarlo ahí adentro, además de que esa era zona que no les correspondía. Debían reportar sus intenciones a los federales, que eran los encargados de patrullar ahí adentro, y trabajar en conjunto con ellos.

Con el tiempo corriendo en su contra, apresuraron los procedimientos tanto como pudieron. No sabían qué vuelo se disponía a abordar ni cuánto podría faltar para que saliera; si lo dejaban despegar, atraparlo en el punto de destino se volvería engorroso, si no imposible. Después de todo, no iban tras un pez gordo. Se trataba tan sólo de algo de rutina, que solamente sus ex compañeros se tomaban tan a pecho. Si se hubiera tratado de cualquier otro, lo más probable habría sido que lograra escaparse.

Ajeno al revuelo provocado por su presencia, el ex policía pidió su segundo trago. El Manotas había elegido una mesa apartada, al fondo del lugar y en la que no pegaba mucha luz. Así lo acostumbraba. Cuando uno se dedica a lo que él, lo que menos desea es estar expuesto a la vista de todos, en especial en los lugares como ése en los que la gente pasa en riadas. Por eso mismo, también había elegido el asiento que miraba hacia la puerta, para no ser sorprendido si el caso llegara a darse, lo que forzó al Macetón a sentarse de cara hacia el muro del fondo.

En lo oscuro y de espaldas, los que lo buscaban estaban pasando un rato difícil para encontrarlo. Su nombre no aparecía en ninguna lista de pasajeros, porque viajaba con una identificación falsa. Ésa era la costumbre: los miembros del cártel tenían de muchas clases. Incluso gafetes de la Policía Judicial del Estado de Nayarit, que usaban para portar armas "legalmente" en selectas ocasiones, aunque ahora llevaba una simple credencial de elector. Nada más para cumplir con el requisito de mostrarla al abordar. En ese punto no harían gran cosa por revisarla.

Otras dos cubas y una hora más se habían agotado, cuando la mayoría de los agentes convocados para participar en la búsqueda comenzaron a retirarse. Al parecer habían seguido una pista falsa. O el Macetón se habría embarcado por otra terminal, tal vez en un vuelo privado, porque nadie lo había visto ni en los mostradores ni en alguna sala de abordar. Deberían dar por terminada la operación. El hombre al que buscaban no era sino un criminal de poca monta que no justificaría mayor despliegue de recursos. Para ser una persona que le achacaba todas sus desgracias a la mala suerte, ahora había corrido con muy buena. Claro que él no lo sabía, porque cuando las cosas salen bien uno casi nunca se da cuenta de la buena fortuna que lo acompañó.

En el aeropuerto regresaba la calma y en el interior del restaurante los dos gatilleros seguían bebiendo apaciblemente. Se les había acabado la plática un rato antes. Ahora cada uno se encontraba abstraído hacia donde sus inquietudes lo llevaban. Lo del Macetón era tratar de entender por qué Consuelo se había salido de la casa dejándolo a solas con los niños. Habría comprendido más fácilmente lo contrario, que no se les hubiera apartado para vigilar lo que él tuviera que decirles. Eso habría sido más acorde con su modo de ser. Si los había dejado solos era porque sus pretensiones eran mucho más turbias que nada más espiar su conversación.

La mejor manera de disipar sus dudas sería llamarla de una buena vez, de paso le diría que había dejado buen dinero en un cajón de la cocina. Eso serviría para que se ablandara un poco y se tranquilizara, de modo que le resultara más sencillo obtener la verdad.

No lo pensó más tiempo. Tomó su celular y marcó a casa. De cualquier manera, no tenía nada mejor que hacer. Ni siquiera debían pasar por el mostrador de Aeromar antes de partir porque ya tenían los pases de abordar en su poder.

Consuelo contestó al tercer timbrazo y no pudo ocultar su sorpresa cuando escuchó la voz de Ramón. Su amigo, el policía que se había convertido en algo más que un simple amigo, había regresado adonde ella, apenas se retiraron del aeropuerto. Con el pretexto de ponerla al tanto del resultado de la búsqueda, hacía la visita, y si de paso lograba llevarla a la cama otra vez, tanto mejor. La esposa de su ex compañero no estaba de mal ver, algo le debía, porque de cuando en cuando le ayudaba con algunos de los gastos de la casa.

—¿Eres tú, Ramón? —se cuidó de decir en voz más que alta, procurando que su visitante se diera cuenta de inmediato de quién llamaba.

—¿Por qué te saliste? —le reclamó a modo de respuesta.

La mujer tardó para seguir. No había pensado en una buena contestación para esa pregunta con anticipación, y no le llegaba alguna de repente.

—Nada más fui a la tienda por unos refrescos —mintió por fin—, quería tener algo para ofrecerte.

—Yo quería hablar contigo, pero tuve que irme —se justificó el Macetón, aunque un tanto extrañado por la súbita dulzura en la voz de Consuelo—. Te dejé dinero en un cajón de la cocina. Si no vuelvo pronto, luego te mando algo más.

Ahora, el que azuzaba a Consuelo para seguir con la plática era el policía que estaba a su lado. Le hacía señas como mejor podía para que averiguara en dónde estaba.

—¿Cuando vuelvas? —repuso fingiéndose extrañada—, ¿pues adónde vas?

—Voy a estar un tiempo en Tepic —le contestó confiado.

Algo en la suavidad de la voz de Consuelo lo incitaba a confesarse, aunque sabía bien que mientras menos le dijera sería mejor para él. Ella, en cambio, notaba cómo, poco a poco, podía sacarle la verdad. Seguía convencida de que sería mejor obtener de él una pensión obligatoria que permanecer atenida a que le diera lo que pudiera y cuando quisiera. Cada vez estaba más segura de que quería que la fuerza pública lo presentara ante el juez de paz para obligarlo a comprometerse. Por eso le hacía el juego a su amigo el policía, que no dejaba de gesticular junto a ella, tratando de guiar el rumbo de la conversación.

—¿Y ya te vas? ¿No tienes tiempo para pasar a verme otra vez? Tenemos muchas cosas de qué hablar.

La voz de Consuelo se volvía más dulce cada vez. Ahora le hablaba como en los mejores tiempos de su relación; el Macetón estaba a punto de flaquear. Pero la presencia del Manotas lo volvió a la realidad. Demorar la partida estaba fuera de toda posibilidad. Entonces, le soltó lo que ella tantas ganas tenía de escuchar:

—Estoy en el aeropuerto. Mi vuelo sale a las seis y media. Será cuando regrese.

Ahí estaba la respuesta que todos esperaban. Consuelo había estado compartiendo el auricular con su amigo para que él también pudiera escuchar al Macetón; el policía se apartó de un salto. Le quedaba apenas un poco más de una hora para conseguir refuerzos, llegar al aeropuerto nuevamente y atrapar al prófugo. No había tiempo que perder.

—Bueno. Que te vaya bien, y no dejes de venir a la casa cuando regreses. Aquí te puedes quedar. Ésta sigue siendo tu casa.

Brillante remate para su actuación. Hablándole con tal suavidad lo mantendría dócil, de modo que cuando lo presentaran ante la autoridad para fijarle la pensión, no creyera que había sido cosa de ella.

Consuelo colgó el teléfono y corrió a la cocina de inmediato. Desde que Ramón le dijo que había dejado dinero se sentía apremiada por averiguar cuánto era, porque tenía demasiadas cuentas por pagar. Entró y comenzó a abrir un cajón tras otro, hasta que uno de ellos le reveló el tesoro. Era un buen rollo de billetes atado con una liga, que arrancó como pudo para contarlo de una vez, la cantidad a la que llegó la dejó sorprendida. Treinta mil pesos. Eso era una pequeña fortuna. Más, pero mucho más de lo que conseguiría que le fijaran como pensión. Entonces, comprendió que se había equivocado. Por lo visto, su marido andaba metido en buenos negocios y el efectivo no le faltaría, pero si era como se lo imaginaba, no podría comprobarle jamás que tenía tales ingresos. Ahora estaba arrepentida. No volvería a ver tanta plata junta jamás.

Tras cortar la llamada, el Macetón se quedó pensativo. La conversación dulce y casi cariñosa que acababa de sostener con su esposa contrastaba fuertemente con el recibimiento acre del que fue objeto cuando llegó. Era un cambio demasiado marcado y la única explicación que se le ocurría era que, para cuando la llamó, ya hubiera encontrado el dinero que le había dejado. Una cantidad como esa sí que la haría cambiar de opinión. Era tanto efectivo que resultaba obvio suponer que se habría impresionado, y como pagar las cuentas era lo que más la había preocupado en tiempos recientes, ahora estaría dispuesta a cualquier cosa a cambio de seguir recibiendo a manos llenas. Por lo visto, incluso a aceptarlo de regreso.

Una cuba postrera y se pusieron en marcha hacia la sala de abordar, que resultó ser un autobús. Estuvieron a punto de perderlo, porque salió veinte minutos antes de la hora del despegue para compensar la tardanza que implica llegar de esa manera al avión. Si la aeronave hubiera estado en sala, diez minutos antes de la hora de partida habría sido estar a tiempo todavía. A pesar del inconveniente, no tuvieron problemas y pronto estuvieron sentados y cinchados esperando el despegue.

Pero el tiempo siguió corriendo y el avión no se movía; la hora de partida ya se había pasado por casi veinte minutos. Entonces, comenzaron a verse a través de las ventanillas los destellos azules y rojos de varias torretas. Cuatro autos patrulla rodearon la nave y la puerta volvió a abrirse para permitir la entrada de las fuerzas de la ley, que llegaban en cantidad para compensar que no portaban armas. Ésas están prohibidas pasando la terminal general, aun para los oficiales encargados de la seguridad. Por eso se habían demorado tanto en aparecer.

Al frente del contingente entró un antiguo compañero de escuadrón del Macetón, el mismo que era el amigo de Consuelo. Cuando lo vio, sus sospechas quedaron confirmadas. Venían por él, aunque todavía no lo distinguían entre tantas cabezas. Entonces botó la identificación falsa que llevaba consigo. Si lo buscaban por haber violado su libertad condicional, a lo más que podrían obligarlo sería a terminar su condena en reclusión. Había permanecido encerrado diez meses, luego había pagado por diez semanas de firmas. De los dos años a los que había sido sentenciado, ya había pagado más de uno. Cuando mucho lo tendrían guardado por otro año, que no era tanto tiempo. Pero si le descubrían esa credencial de elector falsificada, entonces la historia sería otra. Los delitos electorales son considerados graves y de orden federal. Después de ver las molestias que se habían tomado para agarrarlo, seguro que lo tratarían con rigor. Le saldría más caro portar ese documento que haber secuestrado a un hombre, y haber robado y vendido su vehículo.

—Vienen por mí —le susurró al Manotas—, mejor no te metas.

Así lo hizo. Ni siquiera miró de frente a los policías que levantaron al Macetón por el brazo para sacarlo del avión. No tenía ningún caso. Lo que menos deseaba era que notaran su presencia, porque podrían reconocerlo en caso de volverse a topar.

Mientras miraba la inmensa espalda de su compañero alejarse por el pasillo, recordó que algo le había dicho que no se bajara del taxi cuando fue al reclusorio. Esa comezón que había sentido por todo el cuerpo. ¡Qué bueno que la había tomado en serio! Si hubiera hecho preguntas, seguramente lo habrían seguido cuando se fuera. Entonces, él también estaría detenido. Cuando menos las 72 horas que la ley les permite. En ese lapso lo habría visto demasiada gente. Lo que sucedía probaba una vez más que era cosa buena creer en las señales, por eso siempre se cuidaba de obedecer celosamente los dictados de cada una de sus supersticiones.

Capítulo 20

*P*oco, o más bien casi nada, habían cambiado las cosas al interior del reclusorio. Cuando Ramón Márquez volvió a ser ingresado, podía sentirse como en casa. Los ocho meses de su ausencia no se notaban más que por unas cuantas caras nuevas y otras tantas que ya no estaban, aunque la mayoría eran los mismos. En esa mayoría se contaba el Atila, que vivía sus últimos días de encierro. Él estaría afuera en unas cuantas semanas, tal como se lo había anticipado al Macetón. Cuando Adalberto consiguió que le sustituyeran la prisión por una condena condicional, le prometió alcanzarlo en Tepic

Sin embargo, ahora estaba de regreso y al Atila no le hizo gracia verlo otra vez ahí adentro. Si lo habían vuelto a encerrar era por haberse comportado con displicencia. Omitir presentarse para firmar cuando podía hacerlo cada diez semanas, pagando a cambio una mordida moderada, era falta que no tenía perdón. En especial ahora que el dinero le sobraba. Para él, eso demostraba que el Macetón no era muy inteligente, o que confiaba demasiado en su suerte. De un modo o de otro, eso le restaba puntos. Por lo visto, su nuevo gatillero tenía más limitaciones de las que le había supuesto cuando lo enganchó; no le agradaba descubrir que se había equivocado al juzgarlo.

Aun así, debería recibirlo en sus filas otra vez. Ya formaba parte de la organización y se había desempeñado a la altura de las expectativas cada vez que le encomendaron algún trabajo. Eso lo sabía porque había estado al pendiente de su comportamiento. Después de todo, él lo había reclutado. Por eso había hecho por enterarse de cada uno de sus movimientos.

Sabedor de los modos del cártel, el Macetón se presentó ante el Atila apenas tuvo la oportunidad. El empleo que había tomado era para toda la vida, sin importar en dónde pudiera encontrarse; la organización estaba representada por ese capitán en lo que al reclusorio correspondía. Su obligación era reportarse ante él de inmediato.

—¿Qué haces aquí? —lo saludó el Atila en son de burla.

Entre molesto y avergonzado, el Macetón se tomó un tiempo para responder.

—Voy a tener que terminar con mi tiempo —respondió por fin.

—¿Y eso? ¿Por no firmar? ¡Si serás pendejo!

El Macetón nada más bajó la vista. El Atila tenía razón. Si se hubiera presentado periódicamente para cumplir con ese requisito, se habría librado de regresar. Pero el error ya estaba cometido y el precio no sería tan alto. Según el cómputo que le mostraron, le faltaban nada más 50 semanas. Ni siquiera un año completo.

—Tienes razón —repuso tras una nueva pausa—, la regué. Pero, como sea, va a ser menos de un año.

—Que te vas a pasar sin mí —completó el Atila—, porque yo me voy en menos de un mes, y antes de eso, tenemos que dejar esto bien organizado.

La noticia no lo sorprendió. Era de esperarse porque entendía cómo funciona el negocio. Sabía bien que las personas van y vienen, pero la organización siempre subsiste. Que la estructura jamás se pierde, porque resulta natural ya que está implicada en el funcionamiento. Aun cuando lleguen a faltar los altos jefes, siempre están los lugartenientes para ocupar sus puestos. Lo peor que puede pasar en un momento dado es que, a falta de cabezas, la organización se parta en dos o hasta en tres para continuar operando, ahora bajo nuevos mandos. El tráfico jamás de detiene, sino que crece de continuo, porque cada nueva partición es copia de la original y se desarrolla por sí misma, aunque los nombres de los que controlan varíen de tanto en tanto.

En cuanto el Atila estuviera afuera, volvería a tomar su lugar como lugarteniente del cártel. Justo por debajo de los más altos jefes. Le correspondería manejar la misma zona que había tenido a su cargo antes de haber sido encarcelado por un descuido. Porque había aprendido que los descuidos pueden salir muy caros en este negocio, era que se preocupaba en hacer que el Macetón lo comprendiera de una buena vez.

A él lo atraparon por cometer un homicidio en lo que sus abogados inicialmente hicieron aparecer como una riña, aunque en realidad se trataba de uno de tantos ajustes de cuentas. No le alcanzó el tiempo para desaparecer después de cortar la garganta de su víctima con un cuchillo. Al Atila le gustaba hacerlo de esa manera, porque decía que llamaba menos la atención.

Por el solo hecho de probar que se había tratado de una pelea y no de un homicidio calificado, las penas disminuirían notablemente: de cuatro a doce años de prisión, en vez de treinta a sesenta. Pero el despacho legal que tenían contratado no cobraba como lo hacía a cambio de nada. Durante el proceso, lograron demostrar que, además, el homicida se encontraba en estado de emoción violenta, por lo que finalmente obtuvo una condena de tres años. Algo razonablemente situado entre los "dos a siete" que le corresponderían en tales circunstancias.

Los tres años se cumplirían el mes siguiente, así es que el lugarteniente del cártel no tardaría en reincorporarse a los negocios y volver a las andadas.

—Ya desde hace unas semanas comencé a pasarle el control de las ventas al Veneno —prosiguió el Atila tras una pausa—. Creo que mejor te arreglas con él de una vez.

La noticia no le cayó en gracia al Macetón. El Veneno era el soldado de mayor jerarquía dentro del séquito del Atila, y uno de los que más tiempo pasarían ahí adentro. Por esa razón lo había escogido para heredar el título de capitán. Sin embargo, no le gustaba saber que quedaría bajo su mando, porque no era ningún secreto que tenía severos prejuicios contra los policías, a pesar de que la organización usaba a muchos de éstos en las calles y los trataba de la misma manera que a los demás.

Dentro de su historial, el flamante líder tenía el haberse batido a tiros con un grupo de agentes judiciales y dado muerte a uno. Por eso le faltaba todavía un tiempo largo para salir. Se decía que al que había matado se lo había cargado nada más porque le caía mal, y aunque podría haberse ahorrado buenos años de encierro de haberlo evitado, aun así lo había hecho. El Macetón notaba que él tampoco le simpatizaba. Seguro que pasaría algunos meses difíciles bajo su mando, pero no había de otra. Eso era lo que le tocaba.

El Atila llamó al nuevo capitán para encomendarle al recién llegado. El Veneno nada más lo miró; sin emitir otra respuesta que el leve movimiento de cabeza con el que se daba por enterado, se alejó otra vez. Por lo visto se encontraba ocupado con algún otro asunto, aunque volvería con él después para darle instrucciones. Por lo pronto, lo que le tocaba era tomarse un respiro, así es que regresó a su lugar acostumbrado para pasar el tiempo. Ese sitio que había permanecido desocupado esperando por su regreso. El lugar en donde le gustaba sentarse a pensar. Su rincón favorito, que siempre recibía la sombra de los muros altos del patio.

Lo que bullía en su cabeza era el intento que hacía por explicarse por qué lo habían detenido otra vez. Era obvio que el pretexto había sido la violación de su condena condicional, pero él había sido policía por muchos años como para saber que a uno no lo atrapan por eso si además no hay algún motivo oculto de mayor peso. Son tantos los miles que están en ese caso y sobre los que difícilmente se llega siquiera a emitir un boletín. Menos aún, a armarse un operativo tan complicado como el que se vivió en el aeropuerto. Si habían ido por él, tenía que ser porque los amigos del Caguamo lo andaban buscando. Y si lo buscaban, no era sólo para guardarlo en prisión una temporada. Tantas molestias que se tomaron seguramente perseguían algún otro fin, y aunque se imaginaba que lo que pretendían era tomar venganza, se resistía a creerlo. No quería sentirse perseguido, aunque intuía que lo sería.

Mientras el Atila estuviera todavía por ahí, nadie se atrevería a meterse con él. Eso lo sabía bien. Pero desconfiaba del Veneno. Ése sí que lo vendería por unos cuantos pesos, o peor aún, por el puro placer de verlo caer. Sería en él en quién debería confiar de ahora en adelante, porque era el nuevo capitán. Las cosas no pintaban bien.

Además, había otro detalle que le molestaba. ¿Cómo lo habían encontrado cuando ya se encontraba a bordo del avión y bajo un nombre falso? Eso no tenía una explicación sencilla. Si alguien lo hubiera reconocido mientras caminaba por los pasillos del aeropuerto, seguramente habría intentado que lo detuvieran antes de abordar. También estaba que, mientras caminaba, iba acompañado por el Manotas; sin embargo, cuando lo sacaron de la aeronave, ni siquiera voltearon a mirar a su acompañante. Resultaba claro que suponían que viajaba solo. Gracias a eso había alcanzado a deshacerse de la identificación fraudulenta usada para pasar la puerta de la sala.

Pero sí sabían en qué vuelo buscarlo, y lo habían averiguado con la suficiente anticipación como para conseguir el apoyo de los federales preventivos que patrullan ahí, tenía que ser porque alguien se los había dicho. Solamente había confiado sus planes de viaje a sus hijos antes de salir de la casa, y a Consuelo, cuando la llamó por teléfono desde el restaurante.

Ahora bien, a los niños les había dicho que tenía que irse al aeropuerto, pero no a dónde viajaría. En tales condiciones, ni aunque los hubieran obligado a repetirlo habrían sabido en qué vuelo buscarlo. Eso los eliminaba. Ellos no podían haber sido porque no tenían suficiente información.

Entonces, nada más quedaba Consuelo. Ella sí estaba enterada de su destino y en qué horario, pero no debería haberles alcanzado el tiempo para montar el operativo en tan sólo una hora; detener un avión antes del despegue no es cosa tan sencilla. Él lo sabía bien. La autoridad de la procuraduría local no es suficiente por sí misma, se necesita el apoyo de los federales. Quizá si lo hubieran tratado como a un terrorista, pero ese no había sido el caso, porque tal palabra ni siquiera salió a relucir durante el arresto. Los federales no se habrían prestado a cooperar si no hubieran visto una orden de presentación por escrito, que no cualquiera andaría cargando por ahí. Cuando menos, no como una cosa casual.

Por otra parte, si había sido Consuelo, lo había engañado más que bien. Le había hablado con ese tono tan meloso. El mismo que él le había achacado a que había encontrado los treinta mil pesos que le dejó en el cajón de la cocina. Ése sí que era un buen motivo para cambiar de actitud, sobre todo, cuando que lo primero que le había reclamado al llegar a la casa fue la falta de dinero. Pero ya debía tener el rollo de billetes en la mano cuando recibió la llamada, por eso el súbito cambio en el trato. No encontraba otra explicación.

Pero si nadie lo había visto por los pasillos del aeropuerto, los niños no podían haberlo descubierto y a Consuelo no le convenía hacerlo, entonces, ¿quién había lanzado tal operativo para atraparlo y con qué fin?

Por más que le daba vueltas al asunto, no acertaba con una explicación apegada a la lógica. Se habían lanzado con saña sobre él y no entendía por qué. Algo se le estaba escapando. Algo de lo que no sabía ni una palabra, porque con la información que tenía no lograba armar una historia plausible.

Por suerte, todavía contaba con el Atila y su increíble habilidad para enterarse de todo. Tendría que recurrir a él y debía hacerlo pronto. En ocasiones, las explicaciones toman tiempo en llegar, además no faltaba mucho para que se marchara, dejándolo bajo el mando del Veneno, quien, además de que no le infundía confianza, no prometía tener gran capacidad para enterarse de los asuntos. Definitivamente, el nuevo capitán no era tan poderoso como el anterior. Eso saltaba a relucir.

Sabiendo que no hay mejor momento que ahora para comenzar a remediar algún mal, el Macetón se puso de pie y fue en busca del Atila. Le repetiría exactamente todo lo que había pensado. Lo que por fin había logrado poner en orden en su mente, pero que no arrojaba ningún resultado lógico. Conociéndolo, no le sorprendería que pudiera transmitirle desde ya cosas que él ignoraba, y si no, no tardaría en comenzar a aportarle más información. Era un hombre que disfrutaba sobremanera sorprendiendo a los demás con toda clase de noticias que, a pesar de afectarles, sin su intervención habrían pasado inadvertidas. Lo sabía bien porque él ya había estado en ese caso. Fue el capitán quien se encargó de enterarlo de quién lo había vendido tras el secuestro del español. Si se había encargado de hacérselo saber, era porque lo había averiguado desde antes, tal como confiaba en que hubiera vuelto a suceder.

Como lo esperaba, el Atila escuchó con paciencia lo que tenía que decirle; mientras lo hacía, dejaba escapar una sonrisa tan leve como enigmática. Ésa era la señal que el Macetón había confiado en captar. Casi estaba convencido de que, en cuanto finalizara de exponerle su línea de pensamiento, él le aclararía las cosas. Pero no sucedió así. Nada más lo dejó terminar y se quedó callado, aunque seguía mirándolo de la misma manera.

Esa actitud le resultó nueva al Macetón, aunque en realidad no le extrañó. De que al Atila le daba por ponerse enigmático había que aguantarle todo. Así tenía acostumbrados a sus allegados. A pesar de ser un hombre serio y de expresión adusta, tenía cierto sentido del humor. Su modo de expresarlo era desesperando a los demás, porque sabía que ninguno de los que lo rodeaban se atrevería a insistirle para que les diera una respuesta. Ni reclusos ni custodios osaban meterse con él.

Casi un minuto tuvo que soportarle el Macetón la sonrisa al Atila. Ya se estaba sintiendo incómodo, pero no le quedaba más que aguantar. Al final, su paciencia tuvo premio. Obtuvo una respuesta, aunque no la que esperaba.

—Han pasado cosas aquí de las que todavía no te enteras —le dijo por fin al Macetón—. Cosas que tienen que ver contigo y que tal vez tengan que ver con la manera en la que te prendieron esta vez. Pero hoy no es buen día para que te lo diga. Dame de aquí a mañana para tenerte una respuesta, porque te aseguro que lo que te voy a decir te va a interesar. Hasta entonces, no hables con nadie y mejor vete a meter a tu celda de una buena vez. Ahí vas a estar mejor.

Al Macetón le pareció justo el trato, a pesar de que había logrado picarle la curiosidad. Se abstendría de hablar con nadie más allá de lo indispensable. Si el Atila se lo decía, debía tener un buen motivo.

Capítulo 21

Temprano por la mañana, apenas terminado el desayuno, el Macetón fue avisado que tenía la visita de su abogado. La noticia lo tomó por sorpresa. Él ya no necesitaba uno. Lo único que le hacía falta era soportar las 50 semanas en prisión que le quedaban por delante. Como adivinaba que no le serían tan fáciles de aguantar como los días de su encierro anterior, cuando fue protegido por el Atila, aprovechó las horas de la noche para trazarse un plan de acción. Lo que en verdad necesitaba era sostener una conversación con el Veneno. Le hablaría derecho para que no quedaran dudas.

Sin embargo, lo que tocaba en ese momento era atender a su visitante, por lo que se dirigió a la puerta con su habitual paso calmo, ese que usaba en el reclusorio para hacerse ver importante.

En cuanto se presentó con el custodio para ser conducido a la sala de entrevistas, las esposas salieron a relucir una vez más.

—¿Y ahora eso? —preguntó extrañado al guardia.

—Así dice en el expediente, que cuando venga tu abogado debes ir esposado.

—¡Maldito expediente! —pensó el Macetón—, ya lo había olvidado, pero por lo visto, eso tampoco ha cambiado.

Sin más remedio que someterse, extendió las manos por delante para ser esposado. Sentía curiosidad por averiguar qué era eso que Adalberto tenía para decirle, que había ameritado que fuera a buscarlo otra vez y tan pronto.

Cuando el Macetón entró en el cuarto, el abogado ya lo esperaba. Se habían visto muchas veces antes, pero la nueva presencia de Adalberto lo dejó sorprendido. Había dejado de ser el litigante principiante, vestido con trajes corrientes y que los huesos se le vieran a través de la piel, para convertirse en algo muy distinto.

Ahora portaba ropa de mejor corte, había ganado algunos kilos de peso y olía a loción cara. Su modo de comportarse también era otro. La actitud tímida que lo había caracterizado menos de un año atrás, cuando los asuntos de Ramón Márquez apenas acababan de llegar hasta él, había desaparecido por completo, cediendo su lugar a los modos que suelen usar los profesionales más experimentados. Hasta las plumas que se asomaban de su bolsillo dejaban adivinar que eran objetos caros. Por lo visto, había tenido razón aquella vez, cuando le dijo que su caso sería como un trampolín para él. A Adalberto le estaba yendo bien.

—¿Cómo está eso de que no cumplió con las firmas, don Ramón? —lo saludó en cuanto estuvieron solos—. Hace que mi trabajo se demerite.

—Tiene razón, abogado. Ya veo que la regué.

—Y ahora, ya no me queda nada por hacer para que lo dejen salir antes. Va a tener que completar su tiempo.

—Sí, ya lo sé. Ni modo, la regué. Pero a usted se ve que le está yendo mejor, ¿o no, licenciado?

Adalberto no le respondió, aunque no pudo reprimir una sonrisa. Sabía que su imagen era otra y disfrutaba que la gente lo notara.

—Me imagino que se estará preguntando para qué vine —prosiguió tras una pausa—, y se lo voy a decir. Cuando ganamos su caso, la misma organización que lo reclutó a usted lo hizo también conmigo. Parece ser que quedaron satisfechos con los resultados. Desde entonces, entre otras cosas, me ocupo de traer y llevar ciertos documentos que tienen que ver con las operaciones, específicamente con algunos movimientos de dinero.

El Macetón escuchaba atento. Ésa era la explicación. También al abogado lo habían enganchado. Con razón el cambio en su apariencia.

—En esta ocasión pedí que lo llamaran a usted porque yo no llevo relación profesional, o cuando menos no que esté acreditada en el expediente, con su jefe, que es a quien en realidad tengo que hacerle llegar ciertos papeles. El motivo de esta visita es sólo utilizarlo como correo.

—Ya veo —repuso el Macetón—. Si ya me extrañaba.

—Pero, aprovechando que estamos aquí —siguió el abogado—, hay ciertas cosas que debe saber. La primera es que usted tuvo suerte. Fue juzgado bajo el Código Penal Federal, como la mayoría de los que están aquí adentro. Eso ya cambió. Hace poco se emitió un nuevo Código Penal, uno que es específico para el Distrito Federal. Si lo hubieran tratado bajo esta nueva ley, no habríamos logrado que saliera tan pronto, porque los beneficios de liberar temprano a una víctima en caso de secuestro se redujeron. Ahora solamente aplica al caso de que esto suceda en un máximo de 24 horas. Insisto: usted corrió con mucha suerte, se lo digo porque es relevante para lo que sigue.

Había logrado captar la atención del Macetón, que lo miraba con fijeza para no perder palabra. Le molestaba que le cantaran eso de que tenía mucha suerte. Si no era cierto. Ni siquiera lograba adivinar quién lo había metido de vuelta en la prisión. Él no tenía suerte, eso ya lo sabía.

—La segunda cosa que tengo que decirle es la siguiente —continuó Adalberto—. Cuando negociamos las condiciones de su sentencia, me encargué también de solicitar que las personas a las que denunció no fueran remitidas a este mismo penal. No fue difícil conseguirlo, porque los beneficios resultaban obvios, tanto para los otros como para usted. Por eso no volvió a toparse con ninguno de ellos. Pues bien, eso ya cambió.

Ahora, el Macetón no pudo evitar abrir los ojos de más. Adivinaba que lo que seguiría sería de interés.

—Recientemente, debido a las protestas de muchos antiguos policías que han caído presos, como fue su caso, las autoridades han comenzado a agrupar a los ex policías en un mismo reclusorio. Parece ser que así están más seguros, porque la tasa de mortalidad por causas violentas en ese grupo resulta muy alta comparada con las de otros. Probablemente porque quedan a merced de los mismos convictos a los que alguna vez atraparon.

Si antes prestaba atención, ahora sentía apremio porque el abogado avanzara con su exposición. Lo que escuchaba lo afectaba personalmente. Podría ser trasladado y perder por completo la protección de la organización. De pronto, descubría que estaba mejor junto al Veneno que lejos de él. Si caía entre sus ex colegas, tildándolo de delator, ellos mismos se encargarían de ajusticiarlo, y si como lo suponía, en ese nuevo reclusorio serían mayoría, era de esperarse que tuvieran poder total sobre cualquier situación que sucediera. De pronto, ser un ex policía parecía convertirse en una pesadilla.

—Pero como siempre, usted ha corrido con suerte —prosiguió Adalberto—, porque ese centro penitenciario en el que están concentrando a todos los ex agentes de la ley en reclusión es precisamente éste.

¡Uf! De pronto todo volvía a cambiar. Ahora resultaba que en lugar de llevárselo a un lugar en el que podría correr gran peligro, le traerían hasta ahí a ésos de los que había jurado vengarse. Y se los servirían en bandeja de plata, porque en este lugar, el que tenía poder era él. Si hasta esa mañana había pensado hablar con el Veneno en un intento de granjearse su simpatía, en estos momentos entendía que dependería de él para asestar el primer golpe a los que estaban en su lista. Esto se convertiría en una competencia cuyo premio sería sobrevivir.

—Pues, bien —prosiguió el abogado, aunque no pudo evitar notar la sonrisa que comenzaba a dejarse ver en el Macetón—. Lo que quiero recomendarle es que mejor se busque el modo de permanecer al margen. Usted nada más va por un año en reclusión. La mayoría de los demás enfrenta condenas mucho más largas. No vaya a cometer el error que le cueste quedarse aquí adentro más tiempo. No vale la pena. De hecho, lo que le propongo es que solicite su cambio a otro penal. Considerando los antecedentes de su caso, es muy probable que lo obtengamos.

Todo había ido muy bien, hasta que su abogado soltó las últimas frases. Eso no le convenía en modo alguno. Prefería mil veces tomar venganza que salir. Así de grandes eran su odio y su rencor. Tenía que quedarse en ese sitio. Entonces, decidió opinar.

—Mire, licenciado. Así no me va a funcionar. A mí me buscan propios y extraños. Si me mandan solo a otro lugar, también allí voy a correr peligro. Adonde llegue voy a seguir siendo un policía, y no va a faltar el que quiera fregarme. Mejor me quedo aquí. Lo único que puede hacer para ayudarme es ver que no me hagan compartir celda con ninguno de los que van a traer para acá, porque entonces me van a agarrar dormido y contra eso no hay modo de defenderse.

Adalberto se quedó pensativo. Lo que escuchaba tenía sentido. Mal que bien, el Macetón ya formaba parte de la organización. En el interior del reclusorio, el cártel era un elemento de poder importante. Si se quedaba entre los suyos, cuando menos gozaría de la protección del grupo.

Por otra parte, el asunto de que no lo hicieran compartir celda con ninguno de los ex policías era algo más fácil de arreglar desde adentro que desde afuera. Así funcionaban las cosas. Sin embargo, no estaría de más ingresar una solicitud formal también. Así le darían soporte a lo que se negociara desde el interior.

—Lo que me dice suena lógico —respondió Adalberto, tras haberlo pensado por unos segundos—. Lo que voy a hacer es preparar un escrito y presentarlo mañana mismo. De cualquier manera, es necesario que se muevan desde adentro al mismo tiempo. No hay nada como apretar por dos lados para conseguir las cosas. Sería bueno que también usted lo firmara. ¿Qué le parece si nos vemos otra vez mañana para eso? De paso, me devuelve también éstos.

Cuando dijo "éstos", sacó discretamente del bolsillo del saco tres cheques doblados en cuatro partes, a los que les faltaba todavía la rúbrica, que le tendió mientras revisaba que el custodio de guardia no estuviera mirando.

El Macetón adelantó las manos, que seguían esposadas, para recibirlos. Entonces lo recordó.

—¿Y si de paso mete otro escrito para que ya no me tengan que poner éstas? —se lo pidió mientras sostenía la postura, para que el cromo brillara bajo la luz de la sala.

Adalberto no pudo evitar sonreír. Las manos atadas del Macetón eran el recordatorio viviente de quién había sido él todavía unos cuantos meses atrás y cuando huyó despavorido de la presencia de ese mismo hombre. Sin embargo, con el paso del tiempo y tras tomar una decisión que requirió de todo su valor, había transformado la oportunidad en un brioso resorte para impulsarse fuera del montón, convirtiéndose nada más por eso en un exitoso profesional.

—Vamos a ver qué se puede hacer —contestó por fin—, porque ya sabe cómo son las cosas. Poner una restricción a veces es muy fácil, pero quitarla es otra historia. Lo voy a intentar, pero no se sorprenda si lo entrevista el psicólogo antes de que lo autoricen.

La visita se dio por terminada y el Macetón se puso en camino de regreso, clavado en sus pensamientos. Lo de las esposas en realidad no era tan importante. Estaba tan acostumbrado ya a que se las pusieran que difícilmente recordaba que las traía. Si las había sacado a colación, fue nada más por no dejar. Lo que sí le preocupaba era que lo fueran a reubicar junto a todos los ex policías. Eso resultaría inconveniente para realizar sus planes, además de peligroso.

Entonces recordó lo que lo había mantenido despierto hasta tarde, aunque por algunos momentos se hubiera alejado de sus pensamientos. El Atila había prometido tenerle cierta información para ese día. Después de hablar con su abogado, podía comprender por qué le había recomendado meterse en su celda de inmediato. Seguramente porque ya andaban varios de esos ex policías rondando por el penal. Sin embargo, no había visto a ninguno, o cuando menos a ninguno que hubiera podido reconocer. Eso era extraño. Debían ser cientos de ellos los que llegaran. Él sabía de muchos a los que había conocido alguna vez y que deberían estar en prisión todavía. Quizás apenas hubieran comenzado con los traslados y faltara una buena cantidad por arribar. En todo caso, si quería saber más sobre ese asunto debía recurrir al Atila, a quien, por cierto, tenía que buscar de inmediato de cualquier manera, porque debía entregarle esos cheques que ocultaba entre sus ropas.

—Te tengo algo —le dijo al Atila al aproximarse.

—¿Del abogado? —preguntó sin mostrar sorpresa.

—Sí. Y, por cierto, me comentó varias cosas. Supongo que lo mismo que tienes para decirme.

—¿Qué te dijo? —lo interrogó. No le gustaba que le hubieran ganado en darle alguna información, aunque sabía que él tenía bastante más que Adalberto.

—Pos que se van a traer a todos los policías presos para acá.

—¿Eso fue todo? ¿No te dijo nada más?

—No —contestó el Macetón, que ahora comenzaba a arrepentirse de no haber esperado.

—Bueno, primero lo primero —siguió el Atila—. Ya me llegó el rumor de qué fue lo que pasó en el aeropuerto. De hecho, lo sabía desde antes, pero preferí comprobarlo.

El Atila hizo una pausa, como retando al Macetón a adelantarse, a sabiendas de que no se atrevería. Así recuperaba el control. No le gustaba que le hicieran menos lo que tenía que decir.

—Parece que llevaban muchas semanas buscándote. Después de todo, tuviste suerte de no venir a firmar, porque te iban a venadear. Parece que los amigos del Caguamo no te quieren mucho, porque de ahí salió todo.

Una nueva pausa y otra vez el Macetón aguantándola en silencio. No volvería a interrumpir; si tenía algo que preguntar, se lo guardaría para el final. Así debía ser con el Atila.

—La que les dijo en dónde encontrarte fue tu vieja. Otra pendejada que cometes. ¿Pos qué? ¿No te sabes quedar callado?

Ahora, el Macetón inclinaba la cabeza ligeramente. En verdad se sentía apenado por haberse comportado de manera tan inocente, peor aún porque todos se iban a enterar. Ya no lo iban a bajar de mandilón.

—Que te andaban buscando desde temprano, pero no te pudieron encontrar en todo el aeropuerto y se fueron. Pero cuando le hablaste a tu vieja, estaba con un policía. Uno que se la anda brincando desde hace tiempo, ése fue el que se lanzó sobre ti. Si quieres saber quién es, es el mismo cabrón que te agarró en el avión. Tú sabes si se la cobras luego o no.

Otra vez lo mismo. Traicionado por la gente a la que había intentado proteger. La muy hipócrita le hacía la plática con la voz toda melosa mientras azuzaba a los perros para que lo persiguieran. Ese desgraciado que había corrido para agarrarlo seguramente era uno de los que lo buscaban para quebrárselo, así se podría seguir metiendo en la cama con su vieja sin tener que cuidarse. A lo mejor hasta había sido el que estaba con ella cuando la sorprendió. Ahora se arrepentía de no haber querido verle la cara en ese momento, porque nunca se enteraría.

—Con lo de ésos a los que andas buscando, mejor te arreglas con el Veneno —siguió el Atila—. Apenas va a encargar tus asuntos antes de irme. De cualquier manera, tenemos que llevarnos a unos cuantos por delante, porque si no, no se van a dejar controlar. Esta plaza es nuestra.

Capítulo 22

*E*n el patio del reclusorio todo parecía estar como siempre. Los sonidos mezclados de las voces, apenas escapándose de los corrillos, brindaban el murmullo de fondo al que se sobreponían nada más el botar de un balón y los gritos de los que jugaban basquetbol.

Más allá, otros cuantos pateaban una pelota en animado partido, mientras que el resto nada más miraba el tiempo pasar. La escena de cada día se repetía, las horas seguían transcurriendo despacio aunque, por fortuna, inexorablemente.

De pronto, todos los sonidos comenzaron a acallarse. Algo había atraído la atención de los reclusos. Primero de unos cuantos, pero poco a poco la de los demás, hasta que el patio quedó en silencio y todos mirando en la misma dirección.

A través de la puerta de acceso desfilaba el grupo que apenas venía llegando. Muchos de los que entraban no lograban disimular su turbación pues caían de golpe dentro de su nueva realidad y la única defensa con la que contarían sería permanecer unidos. Por eso no tardaron en encontrar su lugar. No eran los primeros en arribar. Había llegado una partida antes que la de ellos, que se había encargado de encontrar su sitio en el patio. Por eso, en cuanto se reconocieron, la fila tomó rumbo hacia lo que se convertiría a partir de entonces en su territorio particular. El rincón de los ex policías.

El Veneno mantenía la mirada clavada en el grupo, como si tratara de memorizar cada uno de esos rostros que ahora se agregaban a la comunidad. Conocía a más de uno de ellos, antiguos referentes de sus días en las calles; algunos incluso le traían recuerdos, aunque no del todo placenteros.

Cerca de él, el Macetón hacía lo propio. También lograba reconocer a algunos, pero había uno en particular que había llamado su atención y no podía quitarle los ojos de encima. Ahí estaba ese desgraciado. El maldito Caguamo. No se veía preocupado. Más bien se notaba tranquilo, como si estuviera en su elemento y se sintiera muy seguro. Por lo visto, no se imaginaba lo que le esperaba. Seguro que no pensaba encontrárselo a él ahí adentro, porque supondría que seguía libre. Apenas llevaba cuatro días de haber caído otra vez, y si no se tienen los contactos apropiados, esas noticias pueden tardarse en llegar.

—¿Ves a alguno de los tuyos? —lo interrumpió el Atila, que seguía como siempre sentado en el centro del grupo hasta que le llegara el momento de marcharse.

—Ahí está ese pinche Caguamo —respondió con la boca apretada. No lograba disimular la ira que había surgido desde el fondo de su vientre. Verlo de nuevo traía a la memoria cómo lo había vendido y después amenazado. Lo había tratado como si él no fuera nada, sumándole la humillación a la traición. Lo que más le molestaba era pensar que se lo había aguantado todo para proteger a los demás.

—¿Y los otros? —volvió a preguntar el capitán.

—No los veo, pero andaban en otra jaula. Han de llegar después.

En eso tenía razón. Los traslados se estaban efectuando según el orden preestablecido, porque no alcanzaba el espacio para recibir a los que llegarían si no se reubicaban, al mismo tiempo, a algunos de los internos que ya estaban ahí desde antes. Los espacios disponibles eran pocos, por lo que había que aprovechar los que había en sus reclusorios de origen. Con todos los centros de internamiento de por sí sobrepoblados, las autoridades estaban pasando momentos complicados para resolver el rompecabezas.

Lo que el Veneno estaba mirando no le gustaba nada. Si apenas había llegado la mitad de los ex policías, los números amenazaban con resultar demasiado altos. Ahora mismo calculaba que ya andaban por ahí casi un centenar. Si la cantidad se duplicaba, como parecía ser que sucedería, el grupo resultaría demasiado fuerte para doblegarlo; además no tenía intenciones de ceder su poder en ninguna medida y menos aún de verse forzado a hacer tratos con ellos.

Antes que ninguna otra cosa, debería averiguar quiénes estaban a cargo en ese bando. Cruzaría unas cuantas palabras con ellos, y si no llegaban a ponerse de acuerdo comenzaría con las ejecuciones de una buena vez. Sabía que la mayoría de los reclusos tienen esperanzas de salir después de un tiempo. Son pocos los que ya se han hecho a la idea de pasar el resto de su vida encerrados. Contaba con eso. Si lograba sembrar el pánico entre ellos, sin duda los dividiría. Él sabía bien que esos policías criminales eran una bola de culeros. Cualquiera de ellos vería por sí mismo antes que por los demás. Ésa era su debilidad, la prueba fehaciente radicaba en el Macetón, que había sido vendido por aquellos en los que más confiaba.

El Atila estaba de acuerdo. Deberían hacer valer su derecho de antigüedad. Ellos controlaban los negocios ahí desde tiempo atrás. Cuando él llegó, casi tres años antes, el poder se encontraba dividido. Le había llevado casi un año someter a los demás, lo hizo de la misma manera que se hace en cualquier otra circunstancia. Eliminando a algunos, amenazando a otros y aliándose con unos cuantos más, los resultados saltaban a la vista. Había adquirido un dominio total, que ejercía por igual sobre reclusos que sobre custodios. No en balde era un líder nato.

Si había elegido al Veneno para sucederle, no había sido al azar. El trabajo difícil ya estaba hecho. Conquistar el territorio. Ahora necesitaba un gobernador de mano dura, y ¿quién mejor que ese hombre de temperamento violento y libre de sentimientos, que además sabía que no saldría en mucho tiempo?

Para el Macetón, la situación resultaba un tanto impredecible. Su primer impulso era buscar al Caguamo en ese mismo momento y ponerle las manos encima. Eso era lo que su cuerpo pedía. Pero la mente le decía algo diferente. La razón dictaba que debería esperar hasta recibir instrucciones del Veneno, el nuevo líder práctico, porque el Atila ahora nada más fungía como su consejero, preparándolo para quedarse solo al frente de los negocios en el penal.

El Veneno y el Atila se habían alejado un poco para discutir en privado. En algo estaban de acuerdo. Mientras más pronto, mejor sería. No deberían darles tiempo para organizarse, aunque necesitaban que primero se pusieran de acuerdo entre ellos. Al haber llegado de penales diferentes, cada grupo traería su propia jerarquía y necesitarían tiempo para transar entre sí. Aun así, no les concedería un plazo muy largo. Cuando mucho hasta después de la hora de comer. Enviaría un emisario para llamar a sus líderes apenas volvieran al patio por la tarde, para ayudarle de una vez al Macetón a establecer claramente que contaba con la protección del grupo en el poder; sería él mismo el mensajero.

Así se lo hicieron saber. Que debería presentarse ante sus ex compañeros para llamar a junta a los que los representaran. Y si de paso quería hacerle la plática a alguno de ellos, tanto mejor. La única condición sería la de siempre. Que le llevara al Atila el informe de cualquier cosa que averiguara, porque su poder se cimentaba en saberlo todo antes que los demás. Incluyendo los hechos más insignificantes. Por eso era invencible en ese lugar.

El Macetón contaría nervioso los minutos desde ese momento hasta que fuera la hora de aproximarse a los recién llegados para conferenciar. No se sentía seguro de controlar su ira en contra del Caguamo, por lo que lo mejor sería que de una vez se pusiera a trabajar en eso. Si lo habían elegido como emisario era porque confiaban en que cumpliría cabalmente con la misión. Fallar por haber perdido el control no era la opción.

Confiaba en que el Veneno le pidiera que ejecutara al traidor Caguamo. A ese mal nacido que le debía una bien grande, y así se lo había hecho saber. Sin embargo, debería aguardar a que se lo ordenaran. La jerarquía debería ser respetada en esa ocasión al igual que siempre. Mientras que la orden no llegara, no le quedaba más que esperar que los sucesos se siguieran dando en forma natural. Si su suerte era tan buena como otros opinaban, seguramente que se presentaría su oportunidad.

Las horas pasaron y el momento por fin llegó. El grupo de ex policías ocupaba su esquina del patio, como lo harían de fijo de ahí en adelante; muchos hablaban entre ellos. Sus voces sonaban más fuertes que antes, señal inequívoca de que, poco a poco, se iban sintiendo más en confianza. Tenían razón en sentirse así, su número era elevado y sentirse muchos les daba seguridad.

Exhibiendo ese paso calmado que le gustaba adoptar cuando quería darse importancia, el Macetón se aproximó al grupo. Caminó sin voltear a ver a ninguno en particular y no se detuvo hasta haber quedado en el centro. Nada más llegó hasta ahí y se quedó de pie, sin hacer otra cosa que esperar, con la mirada perdida en el cielo.

Su presencia inopinada logró captar la atención de todos, poco a poco pero de manera efectiva, hasta que se hizo el silencio. Esperó a sentirse seguro de que todos lo miraban. Lo que tenía que decir debía ser escuchado por ellos sin faltar uno solo. Entonces comenzó:

—¿Quién está a cargo aquí? —lo enunció con voz firme y se calló, en espera de una respuesta.

Pero ésta no llegó. En vez de eso, se comenzó a levantar un murmullo. Al parecer nadie estaba seguro de cuál era la respuesta, pero las miradas de la mayoría comenzaron a volcarse sobre dos personas. La primera era un hombre mayor, que llevaba ya muchos años de reclusión y al que le decían el Abuelo. El segundo era, precisamente, el Caguamo. Con razón se pavoneaba como lo hacía. Se había puesto al frente del grupo aprovechando su desorganización. Era de esperarse para quien lo conociera. Siempre estaba buscando la manera de beneficiarse, y mandar en el reclusorio ciertamente que tendría sus ventajas.

La mayoría se fue apartando para formar un círculo, hasta dejar nada más al Abuelo y al Caguamo por un lado, y al Macetón por el otro.

—¿Tú estás al frente? —le preguntó al Caguamo, sin lograr ocultar su furia del todo.

El aludido volteó para mirar al Abuelo, que adivinando de lo que se trataba, inteligentemente le cedió el habla con un movimiento de cabeza.

—Eso parece, mi Macetón. ¿Cómo has estado?

Ese modo de responder era una provocación abierta. Como si pretendiera recordarle que estaba ahí porque él, el Caguamo, así lo había decidido, pero diciéndole al mismo tiempo que tomaría venganza por haber caído también. No le gustaba que le hubiera pagado con la misma moneda. Él se sentía más. Debía comprender que estaba por encima. Sin embargo, era él, el Macetón, quien lo había puesto en el encierro para salvar su pellejo, y ésa era una afrenta grande. Aunque en realidad estaban empatados, los dos sentían que era el otro quien había incumplido y cada uno pretendía cobrarse a su manera.

—Quieren hablar contigo. Mejor vienes.

Así de escueta fue su respuesta. No se dejó arrastrar en la provocación. No en balde llevaba ya horas preparándose para evitar errores.

—¿Quieren? —repuso el Caguamo en tono burlón—. ¿Pos quiénes?

Tal socarronería en sus palabras era de esperarse. Debía lucir fuerte frente al grupo. Además, no debía ceder a la primera o no tendría fuerza para negociar. Aunque no le sorprendía que lo buscaran tan pronto, suponía que, mientras más grande se hiciera ver a sí mismo, mejor librado saldría de esa primera reunión, en la que suponía que se dividirían el territorio. Porque a juzgar por el tamaño de su grupo, algo debería tocarles. Eran muchos como para ser ignorados.

—Si quieres —respondió secamente el Macetón—. Si vas a venir, pues de una vez. Si no, para que lleve el recado. Tú sabes.

El Caguamo no tenía intenciones de acudir de inmediato. No era lo apropiado si pretendía negociar. Debía lucir grande e imponente y decidió jugar su juego de otra manera.

—Si quieren hablar, diles que aquí estoy. No tengo a dónde irme ni otra cosa qué hacer. Que vengan.

—¿Ésa es tu última respuesta? —verificó el Macetón.

—Ésa es —confirmó con tono triunfal. Sentía que había logrado algo relevante. Cuando menos quedaría establecido que no estaban ahí para ser sometidos. Por algo habían luchado tanto para ser concentrados en un solo presidio y ese algo era que su número los volviera importantes.

El Macetón se dio la vuelta y comenzó a alejarse con el mismo paso usado para llegar. Calmo y contoneante. Ahora su cara mostraba una enorme sonrisa. Él sí se daba cuenta de lo que el Caguamo, por lo visto, no había adivinado. Lo que acababa de hacer era retar al Atila, obviamente no sabía todavía quién era el Atila, pero no tardaría mucho en averiguarlo, porque ciertamente que se lo haría aprender sin demora. Incluso, los custodios se presentaban cuando los mandaba llamar, porque sabían bien lo que les convenía. Él trabajaba bajo el sistema de premio y castigo, y nunca dudaba para poner en práctica ninguna de las dos opciones.

Cuando llegó el recado al Atila, no se sorprendió. Casi dejó ver en la expresión de su cara que lo había adivinado desde antes; sin embargo, había actuado de acuerdo con las costumbres. Es de elemental educación saludar cuando uno llega, y el que había llegado era el grupo del Caguamo. Debió presentarse ante él aun sin haber sido llamado. Eso habría sido lo correcto. Pero, como parecía ser que la buena educación no era una de las virtudes de esa gente, tendría que encargarse de enseñarles buenos modales. El método a utilizar sería el que usaba para todo. Se habían ganado el primer castigo.

—Tienes suerte —le dijo el Atila al Macetón en cuanto terminó de escuchar su reporte—, porque ahora lo del Caguamo ya se volvió asunto mío. Tú te vas a desentender de él. Ni siquiera quiero que le dirijas la palabra. Todos deben saber que fui yo quien se lo cargó, porque falta que lleguen más de esos mismos, y si no los pongo en orden de una vez, luego va a ser más trabajoso.

—Dale con la suerte —se dijo el Macetón. Si lo que quería era que se lo encargaran a él, por lo visto no le tocaría. Eso no era buena suerte. Aunque vería cumplida su venganza, su participación habría sido mínima. Pero eso sí, todos repetirían que le había hablado mal al Macetón. Que por eso se lo habían echado. Y mal que bien, pensarían, a la larga, que había sido él quien había sellado su destino. Después de eso, nadie más osaría acercársele.

Capítulo 23

Después de que el Macetón se marchó, el Caguamo se dirigió a su grupo. Inundado con adrenalina tras su demostración de fuerza, estaba del humor justo para arengar a los que lo rodeaban, que habían comenzado a hablar entre ellos, aunque ahora casi murmurando.

—¡Vamos a hacer valer nuestra presencia en este lugar! —dijo decidido. Ahora se sentía como todo un político y un líder nato.

—¡No vamos a volver a caer en lo mismo! ¡Para eso logramos que nos reunieran! ¡Y todavía vamos a ser más! ¡Ahora vamos a ser nosotros los que tomemos el control!

Todos lo miraban en silencio, aceptando con optimismo la promesa que recibían. Tal vez sí había sido buena idea que el Caguamo se pusiera al frente, después de todo. Se le veían ganas de formar una comunidad unida; eso los tendría más seguros. Eran varios los que habían perdido la vida, o estaban en peligro de hacerlo, porque no contaban con la protección de un grupo. Si lograban establecer su jerarquía, lo que tomando en consideración su cantidad no debería ser tan complicado, estarían más tranquilos de ahí en adelante. Quizá hasta encontrarían la manera de ganarse algunos centavos, porque en los penales siempre hay negocios por hacer.

Cerca de él, sin siquiera intentar participar, el Abuelo nada más movía la cabeza de un lado al otro en son de reprobación. Eran muchos los años que llevaba en reclusión y demasiadas las cosas que había presenciado. Sabía, por experiencia propia, que siempre resultan ser más decididos y más sanguinarios los criminales comunes que los policías, sin importar qué pueda ser lo que los haya llevado a prisión a unos o a otros.

Sabía que no es la misma mentalidad la de un policía delincuente, escudado tras su cargo y en su número para cometer atropellos, que la de los hombres sin ley, que casi siempre comienzan a delinquir por cuenta propia; solamente después de haberlo hecho así son reclutados por las organizaciones criminales. Aun-

155

que ante los ojos de la mayoría el resultado final fuera el mismo, la manera de pensar del delincuente en cada uno de los casos resultaba radicalmente diferente. Lo sabía porque no era la primera ocasión en la que un grupo como ese trataba de organizarse. Ya había vivido lo mismo con anterioridad, los resultados no habían sido buenos. Al final, los que habían comenzado convencidos de lo que pretendían habían terminado por huir para salvar su propio pellejo, dejando a sus líderes a merced de los ejecutores de la mafia en turno.

El presidio no es terreno apto para policías. Jamás lo será. El Abuelo lo sabía a la perfección. Por eso había mandado al Caguamo por delante. Si lo hubieran llamado a él a aquella junta, habría acudido sin chistar. Claro que tenía mucha más experiencia. Por eso se quedaba callado, cuando menos por el momento. Si las cosas se daban como lo suponía, terminaría siendo él quien tuviera el control a final de cuentas.

Con el ego inflado y previendo que las cosas podrían tornarse violentas, el Caguamo comenzó a elegir de entre los que estaban ahí a su guardia personal. Así lo hacían otros jefes y él no tenía por qué ser menos. Esperaba que aquellos que lo habían mandado llamar por conducto del Macetón se presentaran para conferenciar en cualquier momento. Debía estar preparado.

Pero la tarde se fue y de ésos a quienes esperaba no supo nada. La noche llegó y también el encierro. Cuando entraba en la celda, uno de tantos custodios le informó que lo habían cambiado. Ya no compartiría el espacio con los mismos; en lugar de eso, lo llevaron a otro bloque y lo encerraron con otro preso. Nada más los dos. Y en las contiguas ningún otro. Las cosas no pintaban bien. Se daba cuenta de que tendría que permanecer toda la noche en guardia si pretendía ver el amanecer.

Su compañero de celda no era muy alto, pero, en cambio, saltaba a la vista que se ejercitaba. De músculos abultados y sin un gramo de grasa en el cuerpo, con la cabeza rapada y una arracada colgando de la oreja derecha, era fácil notar que disfrutaba de presumir su físico, porque llevaba las mangas de la camisola enrolladas hasta las axilas, luciendo, orgulloso, los tatuajes coloridos de sus antebrazos.

¿De qué le valdría haber escogido a los más decididos para custodiarlo? Si no podía mantenerse entre ellos las 24 horas del día, era igual que no tener protección nunca. Aunque ignoraba todavía quién era su compañero de celda, adivinaba que trabajaba para los mismos que lo habían llamado por la tarde. Para ésos a los que despreció en su intento por hacerse aparecer importante. Ahora se arrepentía de haber actuado de esa manera. Él no tenía el poder necesario para elegir en dónde pasar la noche, pero, por lo visto, aquellos otros sí. Y se habían encargado de demostrárselo de inmediato.

Ahora, el Caguamo se miraba a sí mismo con lástima. Era un hombre delgado, moreno y de cabellera abultada. Su fortaleza física nunca había sido su principal atributo, por eso se había aficionado a las armas. Su ingreso a la policía fue motivado por la necesidad patológica de cargar una pistola todo el tiempo. Eso era lo que lo hacía sentirse igual que los más poderosos y en eso cimentaba su confianza en sí mismo. Durante muchos años había abusado de los demás, porque al estar armado se sentía capaz de realizar cualquier cosa y compelido a demostrar su superioridad.

Si había levantado la voz cuando se encontraba entre los suyos, había sido porque necesitaba sentirse protegido. Sin embargo, ahora descubría que le había resultado exactamente todo lo contrario. Ese cambio de celda no obedecía de ninguna manera a la casualidad. Era un mensaje claro y directo; lo que le decía era que se había equivocado. Aunque con un poco de suerte, no pasaría de ser una simple amenaza. De ser así, buscaría a ésos que lo llamaron sin demora. Temprano por la mañana, de una vez. Lo haría para someterse. Ni siquiera sabía quiénes eran y ya le habían ganado la partida. Contra eso no podría luchar. Ahora le quedaba claro.

Sin embargo, lo del momento sería pasar la noche en vela. Sentado en la cama y con los ojos bien abiertos, atento a los movimientos de su compañero de reclusión.

Ni siquiera se saludaron cuando lo entregó el custodio, menos aún habían cruzado palabra desde entonces. Cuando mucho se le quedaba mirando por momentos, sosteniéndole los ojos fríos e inexpresivos hasta que el Caguamo se sentía forzado a desviar la vista, cosa que hacía por dos buenos motivos. El primero y más lógico era que no quería provocarlo, pero el segundo y que no podía remediar era que en verdad le infundía temor. Ahora comenzaba a entender cómo se sentían ésos a los que mantenía encañonados muy de cerca, justo entre los ojos, cuando todavía portaba un arma. Por fin comprendía por qué lo miraban como lo hacían. No quería que su mirada denunciara que sentía esa misma clase de pánico. Por eso evitaba darle la cara, en un intento por mostrase más fuerte de lo que se percibía a sí mismo.

Lo que el Caguamo no sabía era que su destino ya estaba sellado. Este sujeto, que tan asustado lo tenía, no se veía tan temible nada más porque sí. Si se lo habían mandado era porque tenía una misión que cumplir. Su objetivo era el de costumbre: ajusticiar a un rebelde. Ya llevaba varios en su cuenta personal, aunque jamás le habían cargado a ninguno de ellos. La razón era simple. Su condena ya era la máxima que la ley permite. Sesenta años. Apenas ingresó al penal cometió un nuevo delito por el que fue procesado, aunque no resultó tan grave. Simples lesiones causadas a otro recluso. Entonces las leyes salieron en su defensa una vez más. No podría ser sentenciado más que por una sola falta durante su permanencia en prisión; falta que resultaron ser esas lesiones y que alargaron su condena a 64 años. A partir de ese momento, aun cometiendo un nuevo delito, no podrían alargar su pena. ¿Qué caso tendría someterlo a proceso de nueva cuenta? De cualquier manera terminaría con su tiempo en la misma fecha; lo más probable era que lo liberaran antes, cuando ya fuera un anciano, por razones humanitarias.

Sabiendo que no saldría pronto, se preocupó por hacerse la vida lo más sencilla posible en el lugar. Los privilegios son caros si pretende uno comprarlos pero él no tenía con qué pagarlos. Entonces se unió a las filas del Atila, a quien le vino como anillo al dedo. A partir de ese momento lo empleó como sicario. Se convertiría en su especialista a cambio de algunos lujos que le hicieran más llevadera la existencia en reclusión.

Aunque no lo sabía, el Caguamo ahora representaba el papel de un ratón en la jaula de una serpiente. No tenía para dónde hacerse; su vida duraría justamente hasta que su depredador lo decidiera. Si en su imaginación se veía presentándose frente al Atila a la mañana siguiente para ponerse a su servicio, era porque aún brillaba una lucecita de esperanza en su interior. La misma que podría albergar ese ratón al que la serpiente aún no ha devorado. Una esperanza vana, porque todo sería tan sólo cuestión de tiempo.

Y el tiempo seguía corriendo y el Caguamo comenzaba a cabecear de cuando en cuando. La celda se encontraba apenas iluminada por la luz del exterior, que con trabajos alcanzaba para adivinar que su compañero de habitación se había quedado dormido, a pesar de estar recargado contra el muro y con los brazos cruzados. La noche estaba resultando demasiado larga; una vez que el peligro parecía ser menos inminente y nada se movía por ahí, comenzaba a resultar muy difícil mantenerse despierto. Cuando cerró los ojos para descansarlos por un momento, el sueño lo venció sin sentirlo.

De súbito regresó a la realidad, al tiempo que de su garganta salía un grito, mezcla de dolor y de sorpresa. Algo le había pinchado una nalga. Ahora, el hombre rapado regresaba a su lugar otra vez. El Caguamo no logró entender qué había sucedido hasta que reparó en la hipodérmica que sostenía en la mano el de enfrente, que le mostraba con una sonrisa pintada en la cara. Algo le había inyectado, aunque no sabía qué había sido. De lo que sí se daba cuenta era de que, poco a poco, comenzaba a sentirse más relajado, no obstante lo abrupto de su despertar.

Si antes se había sentido somnoliento, ahora descubría que le resultaría imposible mantenerse despierto. Entonces, supo que vivía sus últimos momentos de lucidez en este mundo. Adivinó que ya no despertaría nunca más y, sin embargo, se sintió tranquilo. No estaba muriendo, sólo caía vencido por el sueño para sumirse en un descanso profundo y placentero. Así sucedió. Apenas unos cuantos minutos después dormía a pierna suelta.

Pero las intenciones del rapado sicario iban mucho más allá que nada más ponerlo a descansar. Ése había sido apenas el primer paso. El siguiente sería el definitivo.

Tras asegurarse de que el Caguamo se había quedado bien dormido, tomó su brazo izquierdo y le levantó la manga. De entre sus ropas sacó una segunda hipodérmica, llena con un líquido ambarino, y la clavó en la vena, empujando todo el contenido al torrente sanguíneo de un solo tirón.

Tomó el cuerpo mórbido del Caguamo y lo acomodó en la cama, como si hubiera estado durmiendo. En la mano derecha le colocó la segunda hipodérmica vacía. La primera la tiró al piso y la destrozó con las botas, para desecharla de inmediato a través del retrete. Entonces, se sentó a vigilar. El efecto deseado no tardaría sino una media hora a lo sumo. Después de eso, podría dormir un poco, porque todavía no daban las cuatro.

Media hora más tarde, el Caguamo dejó de respirar, aunque su cara lucía una expresión de tranquilidad como la que rara vez tuvo mientras vivía. Dentro de todo, le habían proporcionado una muerte suave y benévola. Mucho más de lo que otros recibieron antes que él. Sin duda, los métodos de la organización tendían a progresar. Esta ejecución no había provocado más ruido que aquel grito ahogado que la víctima emitió al despertar, cuando le pincharon la nalga.

Por la mañana corrió la noticia, incendiando los ánimos entre los ex policías. Pocos lo habrían imaginado, por lo que se mostraban sorprendidos tratando de ocultar el pánico. Ahora descubrían que no sería cosa fácil lograr estar a salvo a pesar de que su número era considerable. Los habían hecho escarmentar a la primera; discutían acaloradamente sobre quién debería suceder al Caguamo. De pronto, nadie quería recibir tal distinción. Al último líder no le había durado el mando ni doce horas.

Allá, por donde el Atila solía pasar el tiempo, también se hablaba sobre el asunto y era la voz del jefe la que se dejaba escuchar:

—Bueno, Macetón. ¿Qué tal si vas de una vez a preguntarles quién va a venir a hablar conmigo? Porque me imagino que ya han de tener un nuevo representante —terminó en tono de burla.

No tuvo que recibir la orden dos veces. Se puso de pie y repitió el mismo paso que usó la tarde anterior, cuando el Caguamo lo recibió. Pausado y contoneante. Quizá un poco más de las dos cosas que la otra vez, porque ahora se sentía más importante. Ninguno de los que lo esperaban al otro lado del patio sabría jamás si había sido él quien decidió ejecutar a su líder. Cuando menos, ninguno que no terminara trabajando para la organización.

En esta ocasión, como en la anterior, todos rodearon al Macetón. Sólo que ahora nadie se atrevió a decir nada. Cuando les preguntó quién estaba a cargo, todos se miraron entre ellos sin atreverse a responder. Ni siquiera se repitió el leve murmullo que acompañó a las miradas de la tarde pasada. La situación se tornaba tensa y nada parecía suceder. Entonces se escuchó una voz:

—Yo estoy a cargo.

Era el Abuelo. Desde el principio sabía que ese momento iba a llegar, aunque no lo esperaba tan pronto. Desde que el Caguamo se comportó como un salvaje, la tarde anterior, había anticipado que no duraría mucho entre ellos, aunque no dejaba de sorprenderle que hubiera caído apenas unas horas más tarde. Eso probaba que el poder que tenían en ese sitio quienes los mandaron llamar era mucho. El mensaje había resultado claro. Lo que se imponía en ese momento era recuperar la calma. Presentarse para conferenciar y acatar la jerarquía. Después de todo, era poco probable que estuvieran interesados en iniciar una guerra. A final de cuentas, eran hombres de negocios.

Por eso, atravesó el patio con el mismo paso displicente que exhibía el Macetón. Necesitarían a un líder con su experiencia si pretendían sobrevivir.

Capítulo 24

ajo el mando del Abuelo, concertar un acuerdo que mantuviera la paz en el reclusorio se convirtió en realidad. El precio no resultó demasiado alto. Bastó con acceder a entregar a la justicia de la organización a dos más de los casi 200 elementos que integraban su bando. No tuvo opción. Sería eso o correr el riesgo de que la sangre siguiera derramándose en forma indiscriminada. Sacrificar a dos en nombre de la paz no le pareció un precio demasiado alto.

Habían pasado seis semanas desde la muerte del Caguamo, y el Atila ya se había marchado. Ahora era el Veneno quien estaba a cargo. Así lo dispuso el jefe antes de partir; su palabra seguía pesando más que ninguna otra, a pesar de ya no encontrarse ahí.

Para el Macetón, las cosas no habían salido tan mal después de todo. El odio que el nuevo capitán sentía hacia los ex policías había propiciado que lo usara a él como enlace cada vez que era menester tratar con ellos. Dado que el grupo era numeroso, los negocios que había acaparado eran abundantes. Gracias a eso, comenzó a ganar más dinero que ningún otro de los distribuidores de la organización en ese penal, además de que había adquirido peso y autoridad. Ahora solicitaban permiso cada vez que se proponían hacer cualquier cosa, y él aprovechaba cada oportunidad para darse importancia.

Ese día se esperaba la llegada del último grupo de ex policías reubicados. Unos veinte más. Eso era todo lo que faltaba para terminar con la operación. La organización no esperaba tener problemas como los que se suscitaron la vez anterior, cuando el Caguamo intentó, sin lograrlo, hacerse de algún poder. Dado el número reducido de los que arribarían en esta ocasión, era poco probable que surgieran conflictos entre ellos. Los nuevos se someterían al mando del Abuelo. Así no se turbaría la paz.

Sin embargo, el Macetón se sentía inquieto. Que el Caguamo hubiera sido ajusticiado le había venido bien, pero faltaba todavía por llegar el Negro, y a ése se la tenía jurada. Llevaba varias semanas esperando el momento que por fin se presentaría. Quería recibirlo personalmente, para que todos se dieran cuenta del problema en el que estaba metido y se lo hicieran saber, porque su antiguo compañero era probable que ni siquiera estuviera enterado de que él lo sabía todo. Que estaba al tanto de que cambió su muestra aquella mañana de la prueba *antidoping*, y que, después de eso, lo sacrificó en lo del trabajo del español, coludido con el Caguamo y avalado por el Pitufo. Había pensado mantenerlo asustado durante unos cuantos días, porque necesitaba verlo sufrir. Deseaba más que nada leer la angustia en su rostro cada vez que lo mirara. Que comprendiera que, en ese lugar, el que tenía poder era él. Al final, tomar su vida de propia mano de alguna manera lenta pero efectiva que le permitiera ver el miedo reflejado en sus ojos mientras la vida se le escapara.

Aunque ésa no era la manera acostumbrada, confiaba en que el Veneno hiciera una excepción esta vez. Una concesión a cambio de su buen desempeño como enlace, que le otorgara la vida del Negro a título de premio, como un reconocimiento a su lealtad. Incluso estaba dispuesto a pagar a cambio de su anuencia. De ser necesario, vaciaría sus bolsillos para comprar ese privilegio. Total, el dinero va y viene. La oportunidad de satisfacer su sed de venganza solamente se le presentaría una vez en la vida. Porque de que el Negro se iba a morir, no quedaba la menor duda. Eso tenía que suceder por principio. Porque le debía una a un miembro de la organización y todos lo sabían. Tal falta no podía quedar impune.

Ahora, el Macetón acostumbraba sentarse con el grupo del Veneno. Contrario a lo que había temido, su nuevo jefe lo aceptó como a un igual y le exigía quedarse cerca de él cuando no estaba atendiendo algún asunto. Tal disposición tenía su razón de ser. Ahora manejaba buena parte de los negocios. No era mala idea tenerlo a la vista para vigilar sus movimientos.

Por otra parte, al Macetón le convenía el arreglo. No tenía intenciones de abusar de la confianza que recibía. Había comprobado que los que hacían tal cosa terminaban por pagarlo caro invariablemente. Mientras más cerca del capitán permaneciera, mayor fuerza le atribuirían los demás. Para muchos, ahora era considerado como uno de los segundos del Veneno. Eso lo convertía en un personaje importante, aun para los custodios.

Cerca de las once, los recién llegados comenzaron a desfilar por el patio. Como si hubieran sabido desde antes hacia dónde dirigirse, caminaron uno tras otro para reunirse con el bando que les correspondía. El Macetón no despegaba la vista de la fila, tratando de reconocer a cada uno. En cuanto el Negro se asomó por la puerta, ya no miró a nadie más. Ahí estaba ese desgraciado traidor. Ahora era víctima de un súbito arranque de ira, como los que poco a poco había aprendido a dominar y que cada vez se le presentaban con menor frecuencia. Pero éste tenía que surgir. No tenía remedio. Era casi un año y medio lo que llevaba esperando para tener otra vez a su alcance a ese maldito. Era demasiado lo que se le había acumulado.

Tan atento estaba a los movimientos del Negro que ni siquiera notó que el Pitufo entraba unos pasos detrás de él. No fue sino hasta que se incorporaron a su grupo y comenzaron a saludarse entre ellos que se dio cuenta. Entonces lo recordó. Ése también estaba en su lista, aunque nada más por haberlo abandonado cuando lo del español. Fuera de eso, no tenía nada en su contra. Verlo otra vez no le causaba reacción alguna, aunque su nombre también figuraba entre los que deberían ser ajusticiados por haber inculpado a un miembro de la organización, y quien lo había señalado tiempo atrás había sido precisamente él. Si se lo cargaban o no, ahora le daba lo mismo. Sólo tenía ojos para su antigua pareja.

El Veneno dejó pasar una hora, tiempo suficiente para que tomaran entre ellos cualquier acuerdo que fuera menester. Entonces, mandó al Macetón una vez más pues deseaba hablar con el Abuelo.

Si el Macetón acostumbraba cruzar el patio caminando despacio para lucirse, ahora parecería que no iba a llegar de tan lento que avanzaba. Un paso y luego otro, balanceando su inmensa humanidad con los hombros bien erguidos. Quería que todos lo estuvieran mirando para cuando llegara, especialmente el Negro. Deseaba ver cómo reaccionaba, porque no faltaría quien lo pusiera al tanto de la función que tenía a su cargo en ese lugar mientras se aproximaba.

—Quihúbole, pinche Negro —lo saludó en cuanto llegó, a pesar de que se había ocultado detrás de otros, tratando de pasar desapercibido.

Sin más remedio que dar la cara, el Negro se adelantó para responder al saludo. No se le ocurrió nada mejor; por eso pretendió que le daba gusto verlo y contestó fingiendo alegría.

—¿Qué onda, pareja? No sabía que estabas aquí, si no, te habría buscado apenas llegando.

Se hizo un silencio profundo. Por unos instantes pareció que el tiempo se había detenido. Ya no se escuchaba el botar de las pelotas ni el murmullo de las conversaciones. La estudiada caminata ejecutada por el Macetón había surtido efecto, atrayendo la atención de los cientos de internos que merodeaban en el patio. Hasta en lo más lejano se había alcanzado a escuchar la respuesta del Negro. Así de quieto se había puesto todo. Lo único que parecía moverse era una que otra cabeza de alguno de los internos, mostrando su reprobación por lo que se adivinaba que seguiría.

El Macetón nada más le sostuvo la mirada justo en medio de los ojos. Pero no le respondió. No tenía caso. El mensaje estaba entregado y todos se habían dado cuenta. El Pitufo hacía por permanecer desapercibido entre la multitud. No quería recibir otro saludo como el apenas escuchado. Eso sería una pésima señal. Llegaban a ese reclusorio con la esperanza de estar más seguros que en el anterior, en donde apenas sumaban una veintena; sin embargo, ahora los hechos desengañaban sus expectativas. Por lo visto habían caído en peor lugar.

Cumplido su primer objetivo, el Macetón se dirigió al Abuelo:

—Quieren hablar contigo —mensaje corto, pero suficiente. El Abuelo accedió con un movimiento de cabeza y siguió al Macetón, que se dio la vuelta para regresar por donde había llegado.

De pronto, al Negro lo trataban como si hubiera contraído la peste. Nadie quería estar cerca de él. Era obvio que sus minutos estaban contados y quién sabe cómo ni cuándo le caerían encima. Mantenerse alejado de él era simple acto de prudencia. Cuando la violencia se desencadena, cualquiera puede ser alcanzado por ella. Ni siquiera el Pitufo quería hablar con él, a pesar de haber estrechado su relación desde que compartían el encierro. Si el Macetón pretendía mantener a su antigua pareja bajo temor extremo, el primer paso había surtido inmejorables efectos. Los pocos que volteaban para mirarlo, ahora lo hacían con una mirada mezclada de lástima con reprobación. Después de todo, eran muchos los que conocían los antecedentes de sus problemas actuales. Si lo sabían, era porque en su afán de lucimiento personal no se había podido quedar callado. Más de una vez había presumido cómo incriminó a su pareja, y cómo le cambió la muestra aquel día. Lo que el futuro le deparaba se lo tenía bien ganado.

Más allá, el Abuelo había llegado para dialogar con el Veneno. Estaba de pie frente a él, esperando a que diera inicio con la conferencia, aunque al capitán no parecía correrle prisa por hacerlo. Solamente lo miraba con cara inexpresiva, tal como lo recibía cada vez.

—¿Todo igual? —le preguntó por fin.

El Abuelo asintió. No habían hablado mucho al respecto, pero después del espectáculo montado por el Macetón, dudaba que alguno osara cuestionar su liderazgo. Por lo visto, representar al grupo se trataba de un encargo peligroso.

—Llegaron dos que son míos —prosiguió el Veneno—, que me imagino que ya sabes quiénes son. Me los das y seguimos como hasta ahora.

La conferencia estaba resultando mera formalidad. Ambos sabían que los tomaría de cualquier manera, sin importar la opinión del Abuelo. Sin embargo, al
estar pactado desde antes, se sobreentendía que quedarían en paz después de eje-
cutados los ajustes de cuentas. Por otra parte, en su calidad de líder, quedaría
mejor si se sabía que había negociado esas dos cabezas a cambio de mantener la
paz. Para este momento, ya todos deberían conocer los antecedentes del caso.
Nadie quedaría sorprendido.

oda la semana transcurrida desde su llegada al reclusorio, el Negro y el Pitufo habían compartido la celda. Aunque al primero eso le sentaba de maravilla, al segundo lo había tenido preocupado. No se sentía cómodo conviviendo con un hombre cuya cabeza estaba destinada a rodar en el momento menos esperado. Todos en el penal sabían que no era sino mera cuestión de tiempo que fuera ejecutado, y no quería encontrarse cerca cuando eso sucediera.

Por eso, mientras era escoltado por uno de los custodios rumbo a su nueva celda, en cierto modo se sentía aliviado. Ésa era la señal inequívoca de que la vida del Negro ya no duraría mucho. Para su fortuna, él no estaría presente cuando la tomaran. Aislarlo era sólo el primer paso, y ya había sido dado. Su compañero de encierro difícilmente llegaría a ver la luz del día otra vez.

Recorrer los más de cien metros que los separaban del nuevo alojamiento les llevó casi dos minutos. Por el camino, el Pitufo trataba de reconocer a los internos que se asomaban a través de las rejas a medida que avanzaban. Suponía que ahora sí quedaría entre los suyos, porque hasta entonces los habían tenido a él y al Negro casi aislados al fondo de un corredor y entre celdas desocupadas, justo en la zona en donde el Caguamo pasó su última noche.

Pero seguían avanzando y no lograba reconocer a ninguno de los internos; pronto comenzaron a aparecer celdas vacantes otra vez. Eso no era un buen presagio. Comenzaba a sospechar que lo que le esperaba no era cosa buena. Lo estaban conduciendo hasta el extremo opuesto del bloque. Entonces, comenzó a disminuir el paso. Quería detenerse para hablar con el custodio, que seguía avanzando a su lado sin cruzar palabra. Sin embargo, el guardia no parecía darse por enterado de que el prisionero cada vez caminaba más despacio y ajustaba su ritmo al de él.

Estaba a punto de detenerse por completo para dirigirse al custodio cuando éste lo hizo primero. Habían llegado a su nuevo alojamiento y no estaría solo. En el interior de la celda ya lo esperaba quien sería su nuevo compañero. Un hombre musculoso y de cabeza rapada que estaba sentado sobre una de las camas, recargado contra la pared y con los brazos cruzados. Era el mismo que compartió el espacio con el Caguamo la noche en la que murió de una sobredosis.

Al Pitufo se le sumió el estómago. El apodo que llevaba tenía su razón de ser. Era bajito y ligeramente rechoncho. Con tal físico, no sería rival para ese hombre de mirada fría e inexpresiva que lo esperaba. El corazón se le aceleró mientras miraba cómo el custodio abría la puerta para que entrara. Sabía que una vez que el guardia se hubiera retirado, quedaría desprotegido; sin embargo, no había nada que hacer. Nada que no fuera acatar los designios del destino.

El golpe de la reja al cerrarse a sus espaldas lo dejó congelado. Ese sonido metálico y violento era el presagio de lo que estaba por llegarle, y ahora trataba de ganarse un poco de tiempo permaneciendo inmóvil. Pero no lograba desviar la mirada de la de su verdugo, que se la devolvía sin el menor asomo de emoción, con los ojos inexpresivos clavados en los suyos. Parecía esperar a que el que llegaba le dijera algo.

Para el Pitufo, el tiempo parecía haberse detenido. Trataba inútilmente de encontrar la solución a su predicamento, mientras dejaba que las ideas corrieran desbocadas en su cabeza. Sin atinar a decidir qué hacer, cayó en la cuenta de que quedarse petrificado no le otorgaba ventaja. Entonces, optó por lo que le pareció más lógico. Tomar la iniciativa. Quizá dialogando con el hombre de enfrente pudiera encontrar alguna salida. Eran muchas las veces que se había salvado gracias a sus habilidades verbales. Ésta podría ser una más, o más bien, ésta tendría que ser una más, porque su caso aparentaba estar perdido.

—¿Qué? —saludó por fin, tratando de aparentar serenidad.

Pero su saludo quedó sin respuesta, cuando menos sin respuesta oral, porque el hombre de la cabeza rapada buscó entre sus ropas con la mano derecha y de ahí extrajo un botecito plástico. Primero se lo enseñó y después lo agitó para hacer sonar su contenido. Estaba lleno de píldoras. Somníferos, para ser exactos, y no eran pocos.

—¿Y eso? —repuso por fin.

El hombre que agitaba el bote se detuvo y siguió mirándolo como no había dejado de hacerlo desde que llegó, aunque se comenzaba a dibujar una sonrisa malévola en su rostro. Así permaneció por unos segundos, hasta que el Pitufo intervino otra vez:

—¿Pues qué con eso? ¿Qué te traes?

—Son para ti —repuso al fin, aunque sin perder la postura.

—¿Y qué, se supone que me las voy a tomar nada más porque tú lo dices? —respondió, tratando de aparentar que no estaba impresionado.

—Te las vas a tomar. Por las buenas o por las malas. Como quieras.

Si se había sentido atemorizado hasta antes de que le respondieran, ahora el Pitufo comenzaba a sentirse irritado. No podía tomar en serio lo que escuchaba. Ese tipo debía estar loco. ¿Cómo pretendía obligarlo a tomarse esas pastillas? Eso no tenía lógica. Cuando entró en la celda creyó que el hombre rapado ocultaría un arma entre sus ropas. Por eso se asustó. Pero un simple bote de somníferos no representaba una amenaza real. Ahora se daba cuenta de que no pasaría nada; para demostrarle que no lo tomaba en serio, se sentó en su cama y dejó de prestarle atención.

Recostado sobre las cobijas, el Pitufo dejaba su mente trabajar. Al principio se olvidó de su compañero de celda. El destino inminente del Negro ocupaba sus pensamientos y se felicitaba por haberse librado de sufrir la misma suerte, aunque al poco rato volteó, tratando de averiguar qué estaría haciendo el hombre de la cabeza rapada.

A pesar de que el tiempo había pasado, seguía sentado en la misma posición en la que lo vio la última vez, todavía sosteniendo el bote de somníferos en alto, como si estuviera esperando que él los tomara de su mano. No pudo evitar el escalofrío que le recorrió la espalda. Por lo visto, ese hombre era un lunático. No podía ser simple obra de la casualidad que los hubieran encerrado juntos. Pero, ¿cómo pensaba obligarlo a tragarse las pastillas? Eso no tenía lógica. Aun así, el sueño que comenzaba a vencerlo se le espantó, obligándolo a incorporarse.

Ahora estaba sentado en la cama, mirando de frente al rapado y pensando que no debería permitir que el sueño le ganara la partida. Pero mantenerse despierto no es cosa fácil cuando nada sucede y nada se mueve. Así lo había descubierto el Caguamo, aunque demasiado tarde para su conveniencia; así lo aprendería en breve también él, porque a eso de las dos de la mañana comenzó a cabecear, quizá hipnotizado por la vista del frasco de píldoras, todavía sostenido en alto por el brazo tatuado y musculoso del hombre de enfrente, que al mantenerlo así presumía su inagotable resistencia física.

Dos y tres veces logró recuperarse cuando la cabeza se le vencía, amenazando con quedarse dormido, pero a la cuarta ya no pudo más y se entregó al sueño. Los ojos vigilantes del rapado seguían clavados en él. Si antes apenas se movía, ahora parecía estar hecho de piedra, porque difícilmente se notaba su respiración. Estaba dando tiempo para que el Pitufo se sumiera profundo en la inconsciencia. Así, tendría un par de segundos de ventaja cuando entrara en acción.

Quince minutos más hubieron de transcurrir. Entonces el verdugo se puso de pie, despacio y sin hacer ruido, y agarró el cobertor de su cama. Se acercó paso a paso a su víctima, tomándose un tiempo largo entre un movimiento y otro hasta quedar muy cerca. Tan cerca que podía sentir su respiración. Ahí se detuvo.

Quedó quieto por unos instantes, preparándose para asestar el golpe mortal, que debía ser tan rápido que a su víctima no le diera tiempo de reaccionar. Lo miró a la cara una vez más y después bajó la vista despacio hasta llegar a la altura de los hombros. Ése era su blanco. Un instante más y pegó un salto hacia delante, para envolver con el cobertor al Pitufo, dejando sus brazos pegados al torso e inmovilizados, al tiempo que se montaba sobre él para mantenerlo inmóvil por efecto de su peso.

Cuando el Pitufo abrió los ojos, ya había perdido la batalla. Se encontraba hecho un lío del que no podía zafarse, la mano izquierda del rapado se apoyaba con fuerza sobre su boca, impidiéndole soltar ningún ruido; así lo sostuvo con firmeza mientras que con la otra mano comenzaba a hacerle presión sobre las carótidas. Ése era el truco. Reducir el flujo de sangre hacia el cerebro por unos segundos hasta que la víctima se desmayara, lo que no tardó mucho en suceder.

Aprovechando la inconsciencia de su víctima, lo acabó de sentar sobre la cama. Con una mano lo tomó por el paladar, obligando a la cabeza a echarse para atrás mientras que la laringe se alineaba con el esófago, así le vertió el contenido completo del frasco de somníferos en la boca. Casi podía verlos caer hasta el estómago; sin embargo, tomó un vaso con agua y también lo vació, forzando todas las píldoras hasta el fondo.

Acostarlo de nuevo y acomodar tanto el bote de pastillas vacío como el vaso en sus manos no fue mayor problema, y si acaso el Pitufo alcanzaba a despertar de su desmayo antes de ser vencido otra vez por efecto de los somníferos, no estaría en condiciones de defenderse. Ni siquiera sospecharía lo que se había tragado. Nada más faltaba esperar un rato para constatar que el trabajo había surtido efecto completo. Quizá tardaría un poco más que la intravenosa con la que despachó al Caguamo unas semanas antes, pero de que el resultado se daría, no tenía duda. La dosis suministrada a su víctima ya era cosa probada desde antes. No fallaría esta vez, como no lo había hecho en las anteriores.

Capítulo 26

Aquella tarde, ya casi de noche, cuando el Pitufo fue cambiado de celda, el Negro intuyó de inmediato que lo que seguía no iba a ser nada bueno. Después de quedarse a solas, comenzó a prepararse para lo que sabía que vendría. Aunque no podía adivinar cómo lo harían, era obvio que ya estaba en marcha. Sin embargo, pasó una hora y luego otra, y todo seguía igual. Llegó a pensar, en un arranque de optimismo, que no lo harían todavía y comenzó a calmarse. Quizá le restara todavía algún tiempo de vida.

Poco antes de las diez, cuando normalmente ya todo ha quedado en calma y el silencio reina, se escucharon pasos en el corredor, aproximándose. Eran cuando menos dos los que venían, eso se podía deducir por el sonido de las pisadas. Parecía que iban hacia su celda, porque ya estaban cerca y seguían avanzando. Por instinto se retiró hasta el fondo y se quedó inmóvil, atento a lo que pasaría.

La luz escasa que alumbraba el lugar era sólo la que alcanzaba a llegar desde el exterior, colándose entre los barrotes de la puerta y vistiendo de sombras la celda. Suficiente para ver, pero nada más, hasta que de pronto se oscureció y ya no alcanzó ni para eso. Frente a la reja se distinguían dos siluetas a contraluz, que ahora bloqueaban las tenues emisiones de las lámparas de noche colgadas del plafón principal.

El Negro sintió cómo la sangre se le helaba. A uno de los que llegaban no podía reconocerlo, pero el otro era sin duda el Macetón. Su silueta inmensa y su cabellera china eran fáciles de distinguir, aun en esas condiciones. Ni en su peor pesadilla se había visto enfrentándose a su inmenso ex compañero. Hasta hacía poco, siempre habían estado del mismo lado y había contado con su fuerza poco común para disponer de ella a voluntad. De pronto, la situación parecía haber cambiado y quedaría a merced de esa misma brutalidad que tantas veces antes había tenido a su servicio. Esperaba que lo ejecutaran esa noche, pero lo que no había previsto era que lo hicieran de modo que tuviera que soportar demasiado sufrimiento. La impresión que le causó comprenderlo hizo que mojara los pantalones mientras que permanecía paralizado, aguardando que la puerta se abriera.

Esperando a que el custodio lo dejara entrar, el Macetón miraba al Negro, que parado en el fondo no se movía. Sabía lo que tenía que hacer, y que le hubieran permitido llevarlo a cabo personalmente había sido, sin duda, una concesión. En otro caso, el trabajo habría estado a cargo del mismo rapado que ya se había llevado a tantos por delante. El verdugo oficial de la organización, encargado de segar las vidas de los enemigos del cártel, cuando menos dentro de ese penal. Sin embargo, el Veneno había consentido esta vez en que fuera la misma víctima de la traición quien cobrara la cuenta. En especial, porque ahora se trataba en verdad de uno de sus segundos, si no es que del más importante de ellos. Así de marcada había resultado su mejora de posición dentro del escalafón tras la partida del Atila.

La reja por fin se abrió, con el acostumbrado golpe metálico de la cerradura que esta vez resonó en el silencio de la noche. Muchos de los internos adivinarían lo que estaba sucediendo nada más porque ese sonido, tan común de escucharse más temprano, era algo inusitado ya tan tarde. Cada vez que sonaba a esas horas presagiaba que, por la mañana, la cuenta de cabezas sería menor que la de la víspera.

Apenas franco el paso, el Macetón entró en la celda y esperó a que la puerta se cerrara a sus espaldas. Tenía tantas cosas que reclamarle al maldito Negro; sin embargo, sabía que debería abstenerse. A esa hora, las palabras vuelan y llegan a todos los rincones del lugar. El Veneno en persona le había advertido que se abstuviera de dialogar. Podría tomar la vida de su víctima a la hora que lo deseara, pero nada de andar hablando, porque serían muchos los que estarían pendientes de escuchar. Y las órdenes son las órdenes. Si había llegado tan alto en el escalafón era porque era leal y disciplinado. Ésa era su naturaleza; por lo mismo, no faltaría al mandato del jefe.

Contempló al Negro por unos instantes. El cuadro era patético. Ahí estaba ése que se preciaba de ser tan inteligente, parado en un rincón, temblando de miedo y pisando un charco de su propia orina. Si hubiera sido capaz de tener tal emoción, el Macetón habría sentido lástima. En lugar de eso, sólo se rió. Comenzaba a disfrutar su venganza demasiado pronto. Su antiguo compañero se lo hacía demasiado fácil.

Pero lo que seguía era esperar, cuando menos un par de horas, hasta que la mayoría de los reclusos estuvieran bien dormidos, para reducir el riesgo de ser escuchado. El Macetón se sentó en la cama, de cara a su víctima, y se le quedó mirando. Tarde o temprano tendría que salir de su parálisis.

Así sucedió. Cuando el Negro se dio cuenta de que el Macetón no se proponía actuar de inmediato, poco a poco fue recuperando el control de sus actos. Aunque no se atrevió a hablar, cuando menos pudo moverse para quedar sentado en la cama y libre de la ropa que había empapado cuando los nervios lo hicieron descargar sin control.

Hubo de pasar un rato para que el Negro se animara a hablar. El Macetón había permanecido sentado y en silencio, al mejor estilo del rapado, que se había encargado de instruirlo toda la tarde en el arte de infundir pánico en sus víctimas. Pero eso no podía seguir así. Cuando menos no para quien esperaba ser sacrificado, por lo que finalmente atinó a preguntarle:

—¿Entonces qué, pareja? ¿De qué se trata esto?

El Macetón permaneció inexpresivo, cuidando que no se le escapara el más leve gesto en son de respuesta. Así debía ser, porque había decidido que mataría al Negro de miedo si eso le resultaba posible.

—¿Qué pues? —insistió el Negro—, ¿ni siquiera me vas a contestar?

En eso tenía razón. El Macetón no tenía intenciones de responder. Mientras menos tuviera que hablar, mejor para él.

—¿Me vas a dar? —volvió a preguntar el Negro—. Porque ni creas que me vaya a dejar así de fácil. Si me quieres llevar por delante, te vas a llevar también lo tuyo.

Ahora lo amenazaba. Como si el Macetón pudiera tomar en serio lo que escuchaba. Podía dominar al Negro con una sola mano, aunque ésas no eran sus intenciones. Lo que correspondía en ese momento era esperar, tal como el rapado le había enseñado a hacerlo, y eso era lo que se proponía. Aguardar hasta que su víctima cayera presa del cansancio. Ése era el método correcto y siempre funcionaba, porque después de estar aterrorizado por un buen rato, su cuerpo y su mente se agotarían, exigiendo descanso. En cuanto se calmara, comenzaría a dormitar. Sucedería esta vez como cada vez, sin fallar.

—¡Contéstame, hijo de puta! ¡Cuando menos dímelo de frente! —gritó el Negro, ya desesperado.

Pero el Macetón seguía impávido, reprimiendo con trabajos la sonrisa que intentaba dibujarse en su cara, pero que sus ojos de cualquier manera dejaban traslucir.

—¡Bueno, hijo de la chingada! ¡Si me vas a matar, hazlo de una vez!

El Negro estaba fuera de sus casillas, y mientras más histérico se ponía, más satisfecho quedaba el Macetón. En verdad que estaba disfrutando de la situación, por eso no le corría prisa en terminar. Para prolongarla, se mantenía en silencio.

—¿O qué, cabrón? ¿Te estás divirtiendo mucho? ¡Pues vete mucho a la chingada que no soy tu pendejo!

Hasta ahí llegaron los esfuerzos del Negro por dialogar. Ahora le quedaba claro que el Macetón no tenía intenciones de hablar. Lo peor era que no lograba adivinar qué se proponía, aunque, por lo visto, fuera lo que fuera, no le corría prisa en terminarlo. Entonces, se recostó en la cama, aunque sin perder de vista a su compañero de celda. Pasaría la noche entera en esa posición de ser necesario, soportando la tensa situación hasta ver qué le traería la mañana. Quizá conseguiría que lo cambiaran de celda. A lo mejor, lo único que pretendía su antigua pareja era asustarlo. Después de todo, algún aprecio debería quedarle por él. Habían sido muchos los años compartidos. No le seguiría más el juego. Con un poco de suerte, se cansaría antes que él y se quedaría dormido.

Pasaron las horas y las enseñanzas del rapado probaron ser ciertas. El Negro ya llevaba buen rato cabeceando, aunque se defendía bien de quedarse dormido. Se le iba la cabeza hacia un lado, por unos segundos, para levantarla de inmediato con un movimiento brusco, esforzándose otra vez por conservar los párpados abiertos y el torso erguido. Aunque su esfuerzo por derrotar al agotamiento era valiente, al final perdió la batalla. Media hora después se le habían cerrado los ojos, cayendo en esa suerte de sueño pesado y profundo que atrapa al durmiente que está muy cansado, apenas unos minutos después de haber cedido a la fatiga.

Ése era el momento que el Macetón había estado esperando. Se puso de pie y se estiró. Tanto tiempo sin moverse lo había entumido. Por lo visto, no tenía la misma resistencia que el rapado. Aun así, de entre sus ropas sacó un rollo de alambre. Cinco vueltas enredadas en un círculo de unos diez centímetros de diámetro, que extendió con cuidado. Se aproximó al Negro, que seguía dormido, y con un solo movimiento rápido le rodeó el cuello con el alambre y apretó tanto como pudo.

El Negro alcanzó a despertar, sólo para mirar con ojos desorbitados el rostro del Macetón, en el que se dibujaba una sonrisa sádica que se hacía más pronunciada mientras sostenía el apretón. La víctima no opuso mucha resistencia. A decir verdad, casi ni ruido hizo. Se fue apenas un par de minutos después y entonces el alambre cedió, soltándose del cuello herido de muerte.

Sólo quedaba ultimar los detalles de la escena. Para eso, el Macetón retiró el alambre, con el que confeccionó un nuevo nudo corredizo por un extremo, y así lo volvió a acomodar en el cuello de su víctima. Después, cargó sobre los hombros el cuerpo inerte del Negro, mientras que con las manos amarraba el otro extremo del alambre en el travesaño más alto de la reja de la celda. En cuanto terminó de hacerlo, soltó el cadáver para que quedara colgando.

Dos horas después regresó el custodio que lo había escoltado de ida. Abrió la puerta y lo dejó salir. Ni siquiera se molestó en voltear a ver el cuerpo que pendía del enrejado. Cerró otra vez y condujo al interno hasta su celda habitual, para que pasara allí el resto de la noche.

Un suicidio más en el reclusorio. Cuando menos eso era lo que diría el certificado de defunción. Los estudiosos lo encontrarían lógico y razonable, como siempre. Era por completo normal. Hay muchos que no soportan el encierro y prefieren tomar su propia vida antes que sufrirla en cautiverio. Los de esa noche no serían ni siquiera casos aislados. A lo mucho servirían para que las estadísticas siguieran cumpliéndose, como siempre.

Capítulo 27

El año que tuvo que soportar en reclusión se le pasó rápido, casi volando. Distraído con los asuntos del diario, y disfrutando de una posición privilegiada entre la población del penal, el Macetón ni siquiera se había preocupado por llevar la cuenta de los días. Sabía que, si no le prestaba atención al calendario, el tiempo se encargaría de transcurrir por sí mismo. Así sucedió. El plazo estaba cumplido. Esa mañana quedaría libre otra vez, ya sin la obligación de presentarse a firmar como en la ocasión anterior. Ahora sí disfrutaría de libertad absoluta.

Mientras levantaba sus efectos personales, trataba de decidir qué hacer primero. Por una parte, deseaba ver a sus hijos, aunque eso implicaría tener que soportar la presencia de Consuelo una vez más. No podía olvidar que fue ella quien señaló su presencia en el aeropuerto. Por su culpa lo habían atrapado. Aunque tenía que reconocer que, a final de cuentas, le había hecho un favor porque ya no tendría que preocuparse más por el asunto de su condena condicional violada, que mal que bien le había causado más de un sobresalto. Además, gracias a eso tuvo otra vez a su alcance al Negro y a los otros que lo traicionaron, ofreciéndole la oportunidad de tomar venganza. Esa sí que la había aprovechado.

Durante su estadía en el penal, Consuelo promovió el divorcio, que obtuvo sin problemas dadas las circunstancias. El Juez de Paz, como parte de la sentencia, designó una pensión obligatoria que debería comenzar a cubrir en cuanto quedara en libertad. Una cantidad mucho más baja que esos treinta mil pesos que le dejó en el cajón aquella tarde, y que, por lo mismo, no sería gran carga para él. De hecho, podría entregarle de una vez la de varios meses, porque salía de la prisión con las ganancias de un año de negocios en el bolsillo. Ése era otro buen motivo para visitar su antigua casa.

Se quedaría un par de días en la ciudad antes de partir para la costa del Pacífico, donde recuperaría la posición que tenía hasta un año antes, aunque ahora bajo el mando directo del Atila. Eso le permitiría aprovechar las próximas noches para buscar a Úrsula.

Ya no pensaba tanto en ella. Después de haberla tenido para sí dos veces, se había perdido el encanto mágico que su imaginación le había atribuido hasta entonces; aun así, volver a sentir su cuerpo cálido pegado al de él era algo que se le antojaba mucho. Llevaba un año completo encerrado entre hombres; cada vez que había pensado en mujeres, la imagen de la rubia despampanante se había sobrepuesto a cualquier otra. Incluso sobre las de los afiches que muchos tenían pegados en los muros de sus celdas, mostrando cuerpos femeninos en posturas provocativas y escasamente vestidos, si acaso era que lo estaban.

Cuando por fin estuvo en la calle, ya lo tenía decidido. Era cerca de la una de la tarde, hora perfecta para visitar a sus hijos. Tomó un taxi y pidió que lo llevaran a esa casa que ya no era la suya, porque hasta eso había perdido con el divorcio; curiosamente, de pronto descubría que no le importaba que se la hubieran arrebatado. Si ya ni siquiera viviría en la ciudad.

Pidió al conductor que lo bajara en la esquina antes de llegar. Todavía era temprano y sus hijos seguramente no habrían regresado de la escuela. Lo mejor sería dejar el tiempo pasar. No tenía ganas de enfrentarse a Consuelo si aún no salía de la casa para ir por ellos. Era capaz de estar otra vez con su amante, ese desgraciado que corrió hasta el aeropuerto para atraparlo aquella tarde de hacía un año.

Buscó un lugar discreto pues no debía olvidar que estaba todavía en la mira de algunos de los amigos del Caguamo, que no lo perdonarían si se topaban con él. Ni siquiera llevaba con qué defenderse. Si lo descubrían solo e inerme, estaría perdido.

Pasó un rato más y las siluetas de Ramoncito y Rodrigo aparecieron en el extremo opuesto de la cuadra. Caminaban con paso cansado, arrastrando los pies y con las espaldas encorvadas por el peso de las mochilas, tal como siempre lo hacían de regreso de la escuela. Pero venían solos. De Consuelo no había ni señal. Entonces, cayó en cuenta de que habían seguido creciendo durante su ausencia y ya no necesitaban compañía cuando caminaban por la calle. Por eso su madre ya no pasaba por ellos a la salida. El mayor estaría por cumplir quince años.

Se quedó mirándolos mientras que avanzaban por la acera. Le daba gusto contemplarlos de nuevo. Tal como le había sucedido la vez anterior, se dio cuenta de que los había extrañado más de lo que suponía y ahora sonreía.

Observó atento hasta que llegaron a la puerta de la casa. Entonces, se separaron. Rodrigo entró, abriendo con su propia llave, mientras que Ramoncito atravesó la calle para ir al estanquillo de enfrente. Algo lo hizo ponerse en marcha sin haberlo decidido conscientemente, quizá la alegría de verlos otra vez. Enfiló hacia la tienda, caminando como un autómata pero con paso vivaz. Quería saludar a su hijo.

Llegó hasta los escalones de entrada y pasó entre los cinco mozalbetes que los usaban como asiento, que lo miraron con desconfianza. Algo se sentía diferente. Podía percibirlo. Ni siquiera el hombre tras el mostrador era el mismo que él recordaba. A decir verdad, no lograba reconocer a nadie. El establecimiento parecía haber cambiado de dueños.

Se detuvo detrás de su hijo y lo saludó poniéndole la mano sobre el hombro. No sabía cómo reaccionaría. La última vez no lo había recibido bien, aunque después cedió, terminando por comportarse como de costumbre. Sin embargo, había pasado otro año y Ramoncito debía haber cambiado bastante. Ahora comenzaba a parecer más un hombre que un niño, en especial porque había crecido mucho.

Pudo sentir cómo el hombro de su hijo se ponía tenso bajo el peso de su mano. Primero pensó que reaccionaba así porque le molestaba su presencia y lo comprendió, pero algo no parecía tener sentido. Entonces, notó cómo se llevaba la mano derecha al bolsillo del pantalón, muy despacio, como si tratara de hacerlo sin que se notara. Una vez que lo hubo logrado, se dio la vuelta y le devolvió el saludo de manera casual.

Tantos años en la fuerza policiaca le habían enseñado mucho. Ramoncito escondía algo, y la única manera de averiguarlo era hurgar en sus bolsillos. Entonces, lo hizo sin detenerse a pensarlo. Metió la mano en el mismo compartimiento del que su hijo apenas había sacado la suya y agarró todo lo que pudo encontrar.

Ahí estaba lo que buscaba, sobre su palma extendida y junto a las llaves de la casa: una bolsita de plástico transparente que contenía una pastilla amarillenta. Eso era lo que Ramoncito acababa de comprar y tratado de ocultarle sin éxito. En ese establecimiento vendían drogas, y aunque era difícil adivinar de cuál se trataba en esta ocasión, era obvio que la píldora que tenía enfrente era una de tantas porquerías que los jóvenes consumen en la actualidad. Una de tantas tachas.

El Macetón comenzó a entrar en cólera y tuvo que esforzarse para no estallar. La sangre se le subió al rostro y se puso colorado. Pero debía controlarse, cuando menos frente a Ramoncito. Lo mandó a casa de inmediato, pero él permaneció allí. A sus hijos no los meterían en eso. No si él podía evitarlo y vaya que podía. Había estado en los tres lados del negocio. Había perseguido narcotraficantes cuando era policía, había consumido lo que vendían cuando se iba de farra y ahora formaba parte de un cártel. Ningún recién llegado tenía derecho a perjudicar a los suyos, y se proponía ponerle el remedio definitivo a ese riesgo para garantizar que permanecieran seguros.

En cuanto vio la puerta de la casa cerrarse detrás de su hijo, se dirigió al hombre que despachaba:

—¡Si vuelves a venderle estas porquerías a mis hijos no lo vas a contar! —amenazó con voz alterada, al tiempo que le arrojaba de vuelta la pastilla.

Los cinco muchachos que habían estado sentados en los escalones ahora se encontraban de pie, atentos a lo que sucedía pero sin huir, mientras detrás del hombre del mostrador aparecía otro, que llevaba en la mano una pistola. La voz gruesa y de volumen elevado con la que el Macetón amenazó al tendero lo había puesto en guardia de inmediato, y se apareció para hacerle frente a la amenaza.

El hombre del arma se adelantó, y apuntándole al Macetón le ordenó: —¡Lárgate!

Por lo visto, no sabía con quién se metía. Hacía ya mucho tiempo que las armas no le producían el menor asomo de temor. Ni cuando las usaba ni cuando era a él a quien le apuntaban. En vez de acatar la orden, se quedó viéndolo a los ojos. Podía leer el miedo en su mirada. Le sostuvo la vista por unos segundos y después le arrebató la pistola. El hombre que lo había amenazado estaba tan asustado que ni siquiera se atrevió a dispararle. Todo parecía resolverse sin consecuencias, pero de pronto apareció uno más desde la trastienda, llevando una escopeta recortada.

Ahora la situación había cambiado. Los cinco muchachos se desvanecieron de la escena y el Macetón adivinó que ése que acababa de aparecer sí abriría fuego. Podía verlo en su expresión. Entonces él disparó primero, no una sino cuatro veces, hasta que lo vio rodar por el suelo, con la sangre manando en chorros de las cuatro perforaciones que le produjo en el pecho.

Se hizo el silencio. La situación se había salido de control en un instante. Miró a los dos hombres que seguían de pie frente a él. Estaban asustados, más bien petrificados por el pánico, como si esperaran ser los siguientes en caer. Lo que había comenzado apenas un par de minutos más temprano, como una de tantas ventas que se efectuaban a lo largo del día, se había convertido en un caos. Tanto más, cuanto que el hombre que había caído ni siquiera era de ahí. Era el mensajero que les surtía la mercancía y que había ido para cobrar la cuenta de la semana.

El tiempo parecía haberse detenido. Nada se movía y ni siquiera de la calle entraba ruido alguno. Todos se habían ensimismado, como cada vez que los disparos estallan en el aire de las calles.

Era el momento para pensar con prontitud. Los dos hombres que seguían mirándolo, con el pánico pintado en los ojos, no representaban peligro alguno. Eso se lo decía su instinto. Sin embargo, debería ponerse en movimiento de una vez. El tiempo seguía corriendo, y corría en su contra. Si no se marchaba de inmediato, la situación amenazaba con complicarse.

Pasar inadvertido resultaría imposible. Era bien conocido en su calle, además de que todos los que habían presenciado los hechos sabían que era el padre de Ramoncito. Lo que tenía que hacer era alejarse de inmediato, aunque no quería hacerlo sin haberle dejado algún dinero a Consuelo. Entonces, salió del estanquillo separando una buena cantidad del dinero que traía en el bolsillo, lo enrolló y lo lanzó por encima de la barda de la casa. De ese modo, lo recibirían sin que él tuviera que gastar más tiempo en entregarlo. Volvió a cruzar la calle, ahora para arrojar la pistola, que todavía llevaba en la mano, hacia el interior de la tienda. El arma se estrelló contra la vitrina haciendo añicos el cristal. Después de eso corrió, desapareciendo tras haber doblado la esquina, y se perdió entre las calles de la ciudad.

Capítulo 28

Sentado en la habitación del hotel, con la mirada perdida sobre el horizonte de la ciudad, el Macetón sorbía su segundo café. A sus espaldas, asomando su desnudez entre las sábanas, Úrsula dormía profundamente. El cuadro se repetía por segundo día consecutivo.

Después de huir del estanquillo en el que ultimó al hombre de la escopeta recortada, se le ocurrió que lo mejor sería permanecer oculto. Suponía que ya era buscado otra vez. La tranquilidad sentida al abandonar el reclusorio no le había durado ni dos horas. Entonces había estado en calma, pero su mala suerte lo había vuelto a poner en una situación de peligro constante. Ahora debía cuidarse tanto de la policía como de los miembros del cártel al que su víctima había pertenecido. Todo por tratar de proteger a su familia. Se sentía traicionado por el destino.

Eligió ese hotel que tanto le gustaba a Úrsula aun antes de haber siquiera salido en su búsqueda. Sabía que, de no encontrarla en el cabaret, era probable que se la topara entrando en ese lugar con algún otro cliente. Eso le daría la oportunidad de hablar con ella. Deseaba proponerle algo que se salía de lo común. Estaba dispuesto a pagarle por su compañía a tiempo completo mientras tuviera que permanecer todavía en la ciudad.

Después de haber investigado en el anterior, logró encontrarla trabajando en un nuevo lugar. Era normal que cambiara de cabaret con frecuencia. Así es como sucede casi siempre en ese negocio, en el que el reparto debe variar para no aburrir a los clientes. Hay tantos centros nocturnos en la zona de Neza que no necesitó caminar mucho para llegar al siguiente.

La rubia no pudo negarse al ofrecimiento del Macetón. Cinco mil pesos por día. Una cantidad exorbitante de dinero a cambio de una sola jornada de trabajo; además, podría salir para cumplir con su turno. Así no perdería el empleo. La única condición era que regresara con él cuando saliera, cosa que había hecho la noche anterior sin dudarlo y volvería a hacerlo en la siguiente si le era requerido.

Pero lo que mantenía pensativo al Macetón no tenía nada que ver con Úrsula. En cuanto se instaló en el hotel, llamó al Atila por teléfono y lo puso al tanto de los acontecimientos. Ignoraba quién era ése al que se había llevado por delante. Podía tratarse de algún personaje importante, en cuyo caso la noticia habría trascendido pronto. Su jefe siempre estaba enterado de todo lo que sucedía. Si alguien iba a contarle lo que había pasado en el estanquillo, sería mejor que fuera él mismo. Por eso no demoró en buscarlo.

Tal como lo había previsto, al Atila no le gustó lo que escuchó. El equilibrio entre cárteles es un asunto delicado. La paz entre grupos es frágil cuando existe, porque la competencia por los territorios es despiadada. En un negocio de la trascendencia del narcotráfico es indispensable andar a las vivas para proteger los propios intereses. Es un asunto de poder, en el que es preferible no tener que desgastarse peleando contra los competidores pues las guerras resultan caras y agobiantes.

Sumido en sus pensamientos, el Macetón se daba cuenta de que lo había perdido casi todo. Ya no formaba parte del cuerpo de policía, del que, mal que bien, hizo su forma de vida durante muchos años. No podría tampoco volver a visitar a sus hijos por largo tiempo, porque habría muchos buscándolo. De sus relaciones de pareja ni hablar. No tenía a Consuelo, ni siquiera para figurar como una presencia en su vida, y Úrsula no podría jamás ser otra cosa que un simple capricho pasajero. Había perdido también al único hombre al que alguna vez consideró su amigo: El Negro, a quien tuvo que matar en un acto de justicia. Lo único que le quedaba ahora era el cártel para el que trabajaba. Y su futuro en él dependía de que el teléfono sonara para recibir instrucciones, pero el aparato permanecía mudo hora tras hora y la incertidumbre no lo dejaba estar en paz. Si el Atila le decía que se alejara por un tiempo, no tendría nada que hacer.

Repasaba una vez y otra los sucesos de dos días atrás. Él había tenido la razón. Le estaban vendiendo porquerías a su hijo. Eso era algo que ni se podía ni se debía tolerar. Si las cosas se hubieran dado de la misma manera, pero él todavía hubiera formado parte de la policía, habría sido tratado como un héroe. Quizá ni siquiera hubieran intentado vengarse los de esa organización, porque matar policías siempre resulta riesgoso. Pero como ahora se había comportado como un simple padre de familia, sin otro objetivo que proteger la integridad de los suyos, las cosas resultaban justo al revés.

Él no portaba un arma cuando las cosas sucedieron; por el contrario, había sido amenazado a punta de pistola. Lo único que hizo fue desarmar al que lo encañonaba. En eso no podía haber nada de malo. Después, surgió un segundo hombre armado que tenía intenciones de dispararle. Eso lo leyó claramente en su mirada. Entonces, tuvo que defenderse y en circunstancias de igualdad. Para la ley, eso debería calificar como legítima defensa.

Quizá no debió haber huido. Pero lo que lo empujó a correr fue pensar que pasaría, cuando menos, por una nueva prisión preventiva en lo que se aclaraban las cosas. Con tantos buscándolo para ajustarle cuentas, no saldría bien librado porque, en tales circunstancias, debería cuidarse tanto de los criminales como de los agentes de la ley.

Ahora confiaba en que su propia organización le brindara protección, pero parecía que lo habían abandonado. El tiempo corría y la respuesta no llegaba; a él no le quedaba otra cosa por hacer más que esperar.

Cuando menos estaba Úrsula para aliviar su soledad. La mantendría cerca mientras el dinero le alcanzara. Aferrarse a su presencia era el único consuelo que le quedaba.

Dos horas más tarde el teléfono repicó. Los sorprendió compartiendo la mesa. Úrsula se había levantado apenas un rato antes y lo primero que hizo fue ordenar de comer lo que sería su primer alimento del día y que apenas había llegado a la habitación, a pesar de ser casi las tres.

Comían ahí porque así lo prefería el Macetón, que había optado por permanecer confinado en ese cuarto de hotel hasta tener claro lo que seguiría. Ahora, el teléfono llamando le anunciaba que, por fin, obtendría la respuesta. Caminó hasta el buró y tomó la llamada.

La voz al otro extremo de la línea le sonó familiar. Era el Atila, que le explicó que se había demorado para buscarlo porque primero tuvo que averiguar con exactitud lo que había sucedido. Las instrucciones fueron escuetas pero exactas. Debía abordar el autobús de las ocho de la noche para dirigirse a Tepic.

Después de que el Macetón colgó, ya era otro. De pronto se sentía ligero. Por lo visto, el incidente del estanquillo no había resultado de consecuencias graves. Ésas eran buenas noticias. Todavía tenía algún futuro por delante. Hasta el apetito le volvió, porque arrasó con el pan de la cesta que acompañaba a la comida y que hasta entonces no había tocado.

Animado ante la perspectiva de terminar por fin con el encierro, le comunicó sus planes a Úrsula. Sabía que no la volvería a tener cerca en mucho tiempo, si acaso volvía a verla, por lo que deseaba pasar hasta el último minuto en su compañía. La escoltaría hasta su casa, a eso de las seis, para marcharse después a la estación de autobuses.

A la rubia le pareció bien. Así se ahorraría la tarifa del taxi, además de que comenzaba a desarrollar cierto afecto por el inmenso personaje que con tantas atenciones la trataba. No acostumbraba salir del hotel acompañada, pero este caso ameritaba hacer una excepción. El Macetón era un cliente fuera de lo común. No sólo le permitiría llevarla de regreso, sino que aprovecharía el tiempo que aún les quedaba juntos metiéndolo en la cama de nuevo. Ahora se le antojaba sentir esa enorme humanidad sobre ella otra vez.

Capítulo 29

Son las cinco y media de la tarde. Unos metros calle abajo de la puerta de un hotel en Neza se encuentra estacionado un taxi. Uno de esos vehículos destartalados, pintados de azul, que todavía circulan por las calles del Estado de México.
El hombre que espera tras el volante no es el dueño del auto, ni siquiera es un taxista, y el vehículo apenas lleva un par de horas en su poder. Lo consiguió nada más para realizar este trabajo, que se encuentra ya en proceso.

Con la mirada clavada en la puerta del hotel, ha esperado con paciencia a que se asome un hombre. No lo conoce, pero con la descripción que le dieron debería bastar. No se trata de un tipo común. Le dijeron que mide casi un metro con 90 y debe pesar cuando menos 130 kilos. Además, es de cabellera crespa y tirando a pelirroja. No abundan las personas con esa descripción, cuando menos no en México. Eso lo sabe bien. Por eso no le preocupa confundirlo con algún otro.

Quizá todavía tarde en salir. Le dijeron que le pedirá ir a la estación de autobuses al Poniente de la ciudad, porque debe viajar a Tepic esa misma noche, en la corrida de las ocho. Todavía tiene tiempo de sobra; sin embargo, no puede correr el riesgo de perderlo si acaso decide adelantarse. Por eso lo ha esperado ya desde hace un buen rato.

Ahora aparece en la puerta del hotel. En verdad salió con tiempo de sobra. Pero algo no está bien. Se encuentra acompañado por una llamativa rubia que cuelga de su brazo. Le dijeron que estaría solo; sin embargo, no le queda ninguna duda. Ése debe ser el hombre. Se ajusta a la descripción perfectamente.

Es hora de poner en marcha el motor para estar preparado. En cualquier momento se acercará al arroyo para conseguirse un taxi. Entonces será el momento adecuado para actuar, porque debe abordar precisamente este vehículo que ya lleva un buen rato esperándolo.

En efecto. Se ha aproximado al asfalto y comienza a mirar hacia la derecha. Está buscando transporte. Entonces el hombre tras el volante pisa el embrague y mete la primera. El carro se pone en movimiento con un zarandeo y comienza a avanzar despacio. El hombre pelirrojo le hace una seña para que se detenga; el conductor la acata. Ahora, la rubia entra primero, seguida del pelirrojo, que se sienta muy cerca de ella. Pero no pide ir a la estación de autobuses como se suponía; en vez de eso, le da una dirección. Por lo visto, primero pretende dejar a la mujer en otro lugar.

El conductor toma la ruta que le ha sido solicitada, mientras espía por el retrovisor a la pareja que se abraza en el asiento posterior. Sabe que algo no marcha según lo planeado, pero no le queda más que continuar, porque los vehículos que deben seguirlos ya se acomodaron detrás. Ellos también deben haber notado la presencia de la rubia. Será su decisión.

El camino rumbo a la casa de Úrsula recorre muchas calles apartadas. Abundan los lugares adecuados para finiquitar la operación; sin embargo, serán los que viajan en los dos autos que los siguen quienes lo decidan. El conductor del taxi sólo debe estar atento para reaccionar en el momento oportuno. Por eso avanza despacio y al pendiente de los espejos.

El taxi ha reducido la velocidad porque se aproxima a una bocacalle. El vehículo que lo sigue más de cerca acelera de súbito y se le empareja a la altura del crucero. La calle es estrecha y no acepta más de un carro a la vez, entonces le cede el paso, permitiéndole adelantarse. Ahora, viajan entre dos automóviles y a lo largo de una vía angosta.

Los ocupantes del asiento trasero no parecen haber notado que están a punto de ser emboscados. Se encuentran demasiado ocupados en abrazarse y no han mirado para afuera, hasta que el taxi se detiene de pronto. Se ha visto forzado a hacerlo porque enfrente hay otro auto bloqueando el paso. El conductor se apea para dirigirse a ellos. Parece que va a pedirles que se muevan para que lo dejen pasar.

De pronto aparecen tres hombres armados que les apuntan con armas automáticas. El Macetón por fin lo comprende, aunque demasiado tarde. Úrsula también se ha dado cuenta; lo único que se le ocurre es aferrarse al hombre que la acompaña.

Las armas comienzan a vomitar su carga en medio de un fragoroso estruendo. Todo se ha vuelto un caos. Las balas impactan los cuerpos una tras otra, estremeciéndolos con cada golpe. Los cristales vuelan por el aire y los casquillos vacíos, todavía humeantes, caen como una cascada. Sólo han sido unos cuantos segundos, pero han parecido una eternidad.

Ahora la calma ha regresado. Los tres pistoleros y el conductor del taxi suben al auto de adelante para emprender la huida. Atrás queda el taxi acribillado a tiros y los dos cuerpos inertes y anegados en sangre que todavía se abrazan. Y la calle en completo silencio.

Ahí ha quedado el Macetón, ofrendado por el Atila en nombre de la paz entre cárteles. Traicionado una vez más. El hombre que no conoció en vida valor más importante que la lcaltad y que, sin embargo, nunca vio retribuida la suya. Que se vio forzado a vivir según lo que él era y lo que aprendió de los demás. Que cada vez le atribuyó a su mala suerte sus fracasos, y que terminó por arrastrar en su destino a Úrsula, que de esa manera pagó con su muerte su primera falta, porque nunca antes se había dejado llevar a casa por un cliente.

Si lo del asunto del estanquillo fue un suceso obrado por el azar, o justicia poética porque trataba de defender a sus hijos de lo mismo que él hacía para vivir, o simple compensación kármica, eso nadie jamás lo sabrá. Lo que es seguro es que todos los puestos que dejó vacantes a lo largo de su vida, tales como su plaza en la policía, su celda en la prisión, su trabajo como gatillero, aun su mesa de pista en el cabaret, fueron de inmediato ocupados por otros. Porque el sistema se encarga de llenarlos por sí mismo, y los llena invariablemente con lo primero que le viene en mano.

Gato Pardo
Tipografía: *Graphic Búho*
Tipografía empleada: *AGaramond 12.5 / 14.5*
Negativos de portada e interiores: *Procoelsa*
Impresión de portada: *Procoelsa*
Esta edición se imprimió en octubre de 2005,
en *Productora, Comercializadora y Editora de Libros, S.A. de C.V.*
Pascual Orozco 51 Col. San Miguel Iztacalco, C.P. 08640,
México D.F.